伊塔羅·卡爾維諾

LE COSMICOMICHE

倪安宇 譯

Italo Calvino

宇宙連環圖

Contents

月亮的距離

英國天文學家喬治・達爾文爵士（Sir. George H. Darwin）認為，月亮曾經與地球十分接近，是潮汐將月亮越推越遠。這是月亮引發地球的海洋潮汐變化，導致地球漸漸失去能量。

「我當然知道！」年邁的 Qfwfq 感嘆道。「你們不記得了，但我還記得。月亮那個龐然大物近在咫尺，滿月的時候，彷彿要把我們壓扁，夜裡宛如白晝，只是那光是奶油色的。新月的時候，就像一把黑傘被風吹著跑，在天上滾來滾去。眉月的時候，低垂的月牙步步進逼，貌似下一刻就會刺穿海岬下錨停定。那個時候的月相變化跟今天不同，因為跟太陽的距離不同，運行軌道和我不記得的某個東西的斜角也不同。而且隨時都有可能發生月蝕跟日蝕，地球跟月亮貼得那麼近，想也知道那兩個蠢蛋一天到晚互相遮擋太陽。」

月亮軌道？橢圓形，當然是橢圓形，月亮貼近地球一陣子，會再遠離一陣子。潮汐啊，每當月亮靠近的時候，潮水上漲誰也擋不住。有幾次晚上滿月好低好低，滿潮好高好高，差一點月亮就要被海水打濕，大概就差個幾公尺吧。我們有沒有試過爬上月亮？怎麼沒有？只要划著小船到月亮下方，搭個木梯就能爬上去。

距離月亮最近的地方是鋅礁灣。我們乘坐的是當時很普遍的划槳船，那是一種圓形平底、軟木材質的小船，可以坐不少人，包括船長Vhd Vhd、船長太太、我的聾子表哥，有時候小Xlthlx也會來，她當年大約十二歲。滿月的夜晚海面特別平靜，有如水銀般泛著銀光，水中有魚，紫色的魚，還有章魚和藏紅色的水母，抵不住月亮的引力紛紛浮上水面。總會有一群小生物，例如小螃蟹、烏賊、輕盈透明的海草和珊瑚苗會躍出海面奔向月亮，倒栽蔥掛在月亮的灰漿表面上，或是漂浮在半空中，形成一片磷光，我們都用芭蕉葉撲打驅趕。

我們的工作是這樣的：船上帶著木梯，一個人扶著梯子，一個人爬上梯頂，一個人搖槳把船划到月亮下方，所以需要不少人手（我剛才只提了幾個主事者）。站在梯頂的那個人，在小船靠近月亮的時候，總會嚇得哇哇大叫：「停！停！我要撞到頭了！」看見碩大的月亮逼近是會有那種感覺，畢竟崎嶇不平的月亮表面上有鋒銳利刺，而且邊緣龜裂呈鋸齒狀。現在或許不一樣，但是那時候的月亮，或應該說那時候的月亮腹部，也就是最靠近地球、幾乎快要跟地球擦撞的那個部位，覆蓋著一層尖尖的鱗片，看起來很像魚肚，味道也像，就我記憶所及，那個味道比魚腥味略淡一點，很像煙燻鮭魚。

事實上，挺直腰桿保持平衡站在梯子最後一階，伸長手臂就剛好能觸碰到月亮。我們距離抓得很準（當時沒想到月亮正漸漸遠離），唯一需要注意的是第一步。我選好一片看起來很牢固的鱗片（我們依次爬上去，每次都是五到六個人一組），先用一隻手抓住它，再出另一隻手，下一秒就感覺到腳下的梯子和小船離我而去，是月亮移動讓我擺脫地球引力。沒錯，你從地球攀爬到月亮的那一刻，會感覺到月亮有一股力量將你拉走，你在那個瞬間往上跳，像翻跟斗那樣，抓著一個鱗片，腿往上一蹬，然後就落在月亮上了。從地球角度看，你是上下顛倒，但是你覺得自己的姿勢跟平常沒兩樣，唯一奇怪的是，當你抬頭，會看到閃爍海面上的小船和其他同伴像是從藤蔓垂吊下來、頭下腳上的果實串。

登月時身手最矯健的，是我的聾子表哥。他滿是老繭的雙手一碰到月亮表面（他總是率先從梯子上跳過去）就變得軟綿又篤定，能立刻找到著力點，彷彿只要手掌一按，便牢牢黏在月亮上。有一次我甚至覺得他才伸出手，月亮就向他靠了過來。

從月亮返回地球難度更高，但是他同樣俐落敏捷。對我們其他人來說，要做的動作是往上跳，高舉雙臂，跳得越高越好（從月亮角度看是往上跳，在地球上看比較像是跳水，或是伸直手臂往下深潛），就跟先前從地球躍上月亮時一樣，差別在於現在沒有梯子，因為月亮上沒有東西可以撐住它。而我的表哥非但沒有舉起手臂，反而彎下腰，頭朝地，像翻跟斗那樣雙手用力一撐往上跳。在船上的我們看著他在空中倒立，彷彿是他用手頂著月亮那顆大球拍打它，直到他離我們越來越近，我們抓住他的腳踝把他拉回船上為止。

你們想知道我們去月亮上做什麼，讓我來告訴你們。我們帶著大勺子和大木桶，去月亮上取奶酪。月亮上的奶酪十分濃稠，有點類似瑞可達起司，是月亮經過草原、森林和潟湖上空時，各種地球生物和物質騰空飛到月球上，在鱗片間的縫隙裡發酵而成，基本組成成分有樹汁、蝌蚪、瀝青、扁豆、蜂蜜、澱粉結晶、鱘魚卵、黴菌、花粉、膠質、蠕蟲、樹脂、胡椒、礦物鹽和可燃物。只要把大勺子插入覆蓋月球表面的鱗片下方，就能挖出滿滿一勺珍貴的沉澱物。可想而知，那沉澱物摻雜了很多渣滓，因為（當大片熱空氣經過荒涼的月亮上方）進行發酵的時候無法讓所有物質都溶解，有些東西會殘留在裡面，例如指甲、軟骨、釘子、海馬、堅果、花梗、陶器碎片、魚鉤，有時候還有梳子。所以奶酪挖起來之後還需要過濾、去除雜質。這個並不難，難在如何把奶酪送回地球。操作過程如下：把勺子當成投石器，雙手並用將勺中奶酪拋向空中，如果投擲力度夠大，奶酪飛出去會直接砸在天花板上，也就是地球海面上，小船上的人再把漂浮在海上的奶酪撈起來就容易多了。我的聾子表哥在投擲奶酪這件事情上也表現得特別優異，他的腕力和準度都很驚人，雙手一甩就能直接把奶酪投進我們在船上為他準備的木桶裡。像我有時候就會失手，甩勺子時抵不過月球引力，奶酪反過來砸在腦袋上。

我還沒說我表哥的操作手法有多厲害。在鱗片間挖奶酪，對他而言其實跟玩耍差不多，他有時候不用勺子，直接用手挖，或只用一根指頭。他沒有一定的行進路線，東挖西挖挖，從這一點跳到那一點，彷彿想出其不意，或捉弄月亮，甚或是想搔月亮癢。他只要出手，奶酪就跟擠羊奶似的噴出來，我們其他人只需要跟在他後面，用勺子收集他像是隨興在這裡或那裡擠壓出來的奶酪就好。聾子表哥的路徑看起來沒有任何具體規劃，舉例來說，他走過某些地方，就只是單純想摸一摸鱗片和鱗片縫隙間月亮的光滑皺褶和軟肉。有時候我表哥還不是用手指去按壓，而是在經過縝密計算後縱身一跳，用腳的大拇趾去踩踏（他登月的時候打赤腳），從他發出吱吱叫聲，接著繼續蹦跳來看，他應該是樂在其中。

月亮表面並非全然被鱗片覆蓋，間或有些區域光禿禿一片，露出滑溜的淺色黏土層。這些軟綿綿的空地讓聾子表哥一時興起開始翻跟斗或學鳥禽飛翔，彷彿想要在這片月亮麵團上留下完整的人形壓印。他越跑越遠，後來還消失在我們的視線外。月亮上有大片區域我們從未動過念頭或起過好奇心想去探索，我表哥就消失在那裡。我忍不住想，他在我們眼前翻跟斗、東摸摸西瞧瞧的種種作為，其實是為他接下來在某個隱密處進行祕密活動做準備和熱身。

我們在鋅礁灣流連的那些夜晚，心情很特別，開心之餘又隱隱感到不安，彷彿頭顱裡原本應該是大腦的地方，因為受月亮引力吸引，有一條魚浮出水面。我們一邊划船，一邊用樂器伴奏歌唱。船長太太彈奏豎琴，她的手臂纖長，在那些夜晚彷彿銀光閃爍的海鰻，若隱若現的深色胳肢窩貌似海膽。豎琴的琴音是如此甜美又刺耳，甜美又刺耳到令人難以忍受的地步，以至於我們不得不仰天長嘯，與其說是為了與琴音唱和，不如說是為了保護我們的耳朵。

透明水母浮出水面，輕輕搖擺一會兒後，便騰空躍起一波波朝月亮飛去。小Xlthlx以捕捉空中的水母為樂，但是要成功並不容易。有一次，她伸出小胳臂想抓住其中一隻，往上一跳的結果是自己也飛了起來。因為她個子瘦小，體重不足以讓她戰勝月球引力重新落回地球上，於是她就跟著水母一起在海面上翱翔。她剛開始嚇哭了，隨後便忙著在空中撲捉魚蝦螃蟹，不時塞幾隻到嘴裡咬一咬。我們划著小船跟在她後面，月亮沿著橢圓形軌道運行漸漸遠離，後面拖著一群海洋生物在空中飛舞，其中有長條的捲曲海藻，還有一個小女孩。Xlthlx頭上綁著兩根細細的辮子，也指著月亮的方向兀自飛翔。她在空中不停又踢又蹬，像是要跟那股氣流搏鬥。她的涼鞋在飛行途中掉了，襪子也從腳上往下滑，因為地心引力的緣故垂掛在半空中。我們爬上梯子試著把襪子撿回來。把那些漂浮的海洋生物吞下肚是個好主意，Xlthlx越重就越往地球方向墜落，加上她在那群盤旋的海洋生物中體積最大，所有軟體動物、海藻和浮游生物漸漸聚集在她身上，沒過多久Xlthlx就被各式各樣的小貝殼、甲殼、蝦蟹和細長海草覆蓋，而她越是跟這些亂七八糟的東西糾纏不清，就越有利於她擺脫月亮的牽引，慢慢觸及海面，最後終於落入水中。

我們立刻划船過去營救她，她像是一塊大磁鐵，我們費了一番功夫才把她身上的附著物都清掉。她頭上夾纏著各種軟珊瑚，梳子每梳一下就會掉下好多小魚小蝦，帽貝吸盤黏在她的眼皮上，貝殼遮住了眼睛，烏賊觸角纏著她的手臂和脖子，身上的衣服彷彿是用海藻和海綿做的。我們先移除比較大塊的附著物，之後好幾個星期她仍不斷從身上拔除魚鰭和貝殼，但是皮膚上布滿微小的矽藻永遠清不掉，不仔細看，會以為她身上長了很多小痣。

地球和月亮之間兩股力量互相拉扯形成一種平衡。值得一提的是，從月亮落到地球上的物體會有一段時間依然受到月亮影響，排斥地球的引力。像我，我這麼大塊頭，每一次登月結束，都要花一點時間才能重新適應地球的上跟下。我的同伴像垂吊的果實站在搖搖晃晃的小船上，抓住我的手臂用力往下拉，而頭朝下的我雙腿還懸在半空中。

「抓緊！不要放手！」他們對我大喊，我在混亂中有時候會不小心抓到Vhd Vhd船長太太的一邊乳房，她的乳房渾圓堅挺，觸感舒服又叫人安心，引力不輸月亮，甚至更為強大，如果我頭下腳上準備墜落的時候能用另一隻手摟住她的臀部效果更好。就這樣，我重新返回地球，重重跌落船底，Vhd Vhd船長為了讓我回過神來，會朝我潑一桶水。

我愛上船長太太並且為情所苦的故事，就是這麼開始的。因為我很快就發現她執著的目光盯著誰：當我表哥穩穩地將雙手放在月亮上，我看著她，在她的眼神裡看到聾子表哥和月亮間那份默契讓她感到憂心，當他在月亮上展開祕密探索消失無蹤的時候，我看到她惶惶然坐立不安，於是我知道，Vhd Vhd船長太太在吃月亮的醋，而我吃醋的對象是我表哥。Vhd Vhd船長太太的眼睛彷彿鑽石，看著月亮的時候熠熠發光，彷彿挑釁月亮，宣告說「他不會是你的！」而我覺得自己是局外人。

聾子表哥對這一切毫不知情。當他要返回地球，像我之前跟你們解釋的那樣，大家上前幫忙拉他的腿時，Vhd Vhd船長太太會拋開矜持不顧一切，用她纖長的銀白色手臂環抱他，讓他整個人的重量壓在她身上。我感到椎心刺痛（有時候我也會抱住她，她的身體溫柔迎接沒有抗拒，但不會像對我表哥那樣主動撲上去），聾子表哥則沒有任何反應，還沉醉在他的月亮之旅中。

我看著船長，心想不知道他是否發現自己妻子的行為有異狀，但是他被海風蝕刻、滿是深邃皺紋的臉上沒有任何表情。由於聾子表哥總是最後一個離開月亮的人，所以他上船就表示我們可以啟航。這時候，Vhd Vhd船長會以難得的輕柔動作拿起放在船尾的豎琴遞給他妻子，她不得不接過來彈撥幾個音符，也只有豎琴樂音能讓她把注意力從我表哥身上移開。我開口唱起那首哀傷的歌曲：「每條閃閃發光的魚都在水面上啊水面上，每條黯淡無光的魚都在海底啊在海底……」除了我表哥，大家都齊聲唱和。

每個月，月亮一離開鋅礁灣，聾子表哥就回到與世隔絕的狀態，只有接近滿月的時候，他才會醒過來。那一次我故意不讓自己排入登月小組中，留在船上陪在Vhd Vhd船長太太身邊。結果我表哥一爬上梯子，她就說：「今天我也想上去！」

船長太太之前從來沒有上去過月亮，不過船長並未反對，還把她推上木梯，大聲說：「去吧！」大家一起上前幫忙，我在後面撐著她，手臂能感覺到她的圓潤和柔軟，我的手和臉緊貼著她施力，當她騰空登上月亮的時候，我因為無法再觸碰到她而悵然若失，忍不住緊跟在後說：「我也上去好了，多個人幫忙！」

結果我被人用力一把拉住。「你留下來做你該做的事。」Vhd Vhd船長對我下達指令的時候聲調始終平穩。

在那一刻，每個人的意圖昭然若揭。但我無法理解，而且直到現在仍然無法確定我有沒有誤解。船長太太顯然早就想跟我表哥一起在月亮上獨處（或至少不讓我表哥跟月亮獨處），而且，說不定她有一個更野心勃勃的計畫，是她跟我聾子表哥共同籌劃的：一起待在月亮上一個月。可是我表哥聽不見，有可能他根本沒搞懂她想跟他說什麼，甚或完全不知道自己是船長太太渴望的對象。那麼船長呢？他巴不得擺脫他太太，因為她才登上月亮，我們就看到他不再掩飾原形畢露，這才明白為什麼他無意阻止她。他會不會早就知道月亮軌道正在遠離地球？

我們之中沒有人想過有這個可能。但是聾子表哥，或許只有聾子表哥有所察覺，他像幼蟲一樣憑本能感受這個世界，那天晚上他有預感會跟月亮訣別，所以躲在他的祕密藏身處，遲遲不肯現身返回船上。船長太太到處找他，我們看著她跨越布滿鱗片的遼闊月亮腹地好幾次，東奔西跑，還會突然停下來看著留在船上的我們，似乎想開口問我們有沒有看到他。

那天晚上的確有些不尋常。以往每逢滿月，海面充滿張力，幾乎向空中拱起，那天的海面很舒緩、鬆軟，好像月亮這塊磁鐵的引力並未完全發揮作用。就連月光也跟滿月時不同，彷彿夜色變濃稠了。在月亮上的其他同伴應該察覺到異狀，他們驚慌地抬頭看著我們，跟我們不約而同齊聲大喊：「月亮要離開了！」

回音猶在，我表哥突然現身，急奔而來。他看起來並未受到驚嚇，也未顯露慌張，照樣雙手撐地倒立，然而這一次他跳向空中之後就懸在那裡，像小Xlthlx之前那樣，漂浮在月亮和地球之間，他調轉方向，像逆流游泳般雙臂奮力撥水，以異常緩慢的速度朝地球方向前進。

在月亮上的其他水手連忙依樣畫葫蘆。沒有人想到要把採集的奶酪帶回船上，船長也沒有為此斥責他們。可是他們耽誤太多時間，月亮跟地球之間的距離已經很難跨越，無論他們如何努力模仿我表哥的飛行或游泳姿勢，手忙腳亂半天，依然停留在半空中止步不前。「集合！一群白癡！集合！」船長大吼一聲，聽到命令後，水手們試著集結起來，形成一個群體，一起朝地心引力範圍推進，直到撲通一聲集體掉入海裡。

好幾艘小船搖槳前去撈人。「等一下！還有船長太太！」我高聲吶喊。船長太太也試著跳起來，卻懸在距離月亮數公尺處，軟綿綿地划動著她纖長的銀白色手臂。我爬上梯子將手中的豎琴伸過去想讓她抓住，但是徒勞無功。「她搆不到！得過去接她！」我揮動著豎琴，本想縱身躍起，可是我頭頂上那碩大的銀盤已經跟以前不一樣，它變小了，而且持續越縮越小，彷彿我每看它一眼就把它推得更遠，少了月亮的天空有如敞開的深淵布滿繁星點點，在我上方的夜色像空無一物的河流傾瀉而下，讓我陷入恐慌暈眩中。

「我害怕！」我心想。「我怕到不敢跳！我是膽小鬼！」然後我跳了。我在空中奮力划動，朝她伸出我手中的豎琴，但是她沒有向我游來，反而在原地自轉，一下面無表情對著我，一下背對著我。

「我們得合體！」我高聲喊叫，游到她身旁，摟住她的腰，四肢勾住她的四肢。「我們合體後才能一起下去！」我用盡全身力氣緊緊抱住她，我所有感官都在感受那個全面擁抱的滋味，以至於後知後覺才發現我迫使她改變了原本的懸置狀態，再次往月亮方向漂移。我真的沒有察覺嗎？抑或是我本來就作此打算？我還沒想清楚，已經脫口而出：「換我陪你在月亮上待一個月！」不，「待在你身上！」我衝動大喊：「我要在你身上待一個月！」在那一刻我們跌落月球表面，離開彼此懷抱，我滾向冰冷鱗片的這邊而她滾向那邊。

我像以往每次登上月亮那樣抬起頭，以為會再看到大海彷彿不見盡頭的天花板在我頭頂上方，我是看到了，但這次我看到的天花板變高了，隱約可見周圍有海岸線、礁石和海岬環繞，船看起來好小，看不清同伴們的臉，他們的呼喊聲也幾不可聞！不遠處傳來樂音，Vhd Vhd船長太太找到了她的豎琴，她輕撫琴弦彈起了一首如訴如泣的傷心曲。

漫長的一個月於焉展開。月亮緩緩繞著地球轉。我們從高懸天邊的月亮上看到的不再是熟悉的海岸，而是如深淵般的海洋、炙熱的火山岩沙漠、冰天雪地的大陸、爬行動物出沒的森林、被猶如刀刃般湍急河流切過的連綿山脈岩壁，還有沼澤城市、凝灰岩墓地、一望無際的黏土和泥漿。遠距離為萬物罩上單一色彩，從地球以外的視角看地球，每個畫面都讓人感到陌生，平原上綿延一片的成群大象和成群蝗蟲同樣無邊無際、密密麻麻教人分不清。

我本該感到快樂，因為跟船長太太獨處的美夢成真。原先我很嫉妒我表哥跟月亮和Vhd Vhd船長太太關係親密，而如今它和她都專屬於我一個人，我們接下來這一個月日日夜夜都在月亮上，用這個衛星地表上我們再熟悉不過、酸酸甜甜的奶酪為食，抬頭就能看到我們出生的地球，終於得以一覽它的多樣面貌，欣賞之前沒有任何地球人見過的風景，或是對著月亮另一面的群星冥想，那些星星跟成熟的光之果實一般大，掛在空中被壓彎的枝椏上，然而這一切非但沒有帶來光明希望，反而凸顯我們遭到流放。

我滿腦子想的都是地球。是地球讓我們每個人成為自己而不是他人，在月亮上，遠離地球，感覺我不再是我，對我而言她也不再是她。我渴望返回地球，擔心自己會失去它。我的愛情夢在我和船長太太於地球和月亮間擁抱迴旋的那個瞬間已經結束，離開地球後，我如今唯一鍾情的是我們失去的一切，某個地方和周圍、之前和以後，戀戀不捨。

這是我的感受。她呢？我問我自己，卻因為太過忐忑沒有定論。因為如果她也想念地球，應該算是好兆頭，表示她跟我有默契；但這也可能不代表什麼，她只不過是對聾子表哥依然念念不忘。然而她毫無反應。她從不抬頭遙望古老地球，臉色蒼白的她四處遊蕩，口中哼著小曲撫弄豎琴，好像對於自己暫時（我認為是暫時）受困於月亮適應良好。這代表我打敗了我的情敵嗎？不，我輸了，輸得一敗塗地。因為她徹底明白我表哥只愛月亮，所以她能做的就是變成月亮，讓自己與跨越物種的愛戀對象同化。

當月亮完成繞行地球一周，我們重新回到鋅礁灣上空。我看見同伴時嚇了一跳，因為在我最壞打算中也沒想過他們會因距離變得那麼小。同伴們回到如今彷彿水坑般的大海中，船上沒有毫無用處的木梯，但架起了一支支長竿，他們每個人揮舞著手中的長竿，頂端都有魚叉或四爪錨，或許是想最後一次從月亮上挖點奶酪，也說不定是想給予不幸困在月亮上的我們一些幫助。但是大家很快就發現竿子的長度根本搆不到月亮，短的可笑，無濟於事。竿子紛紛掉入海中，浮在水面上，還有小船在混亂中失去平衡而翻船。就在那個時候，另外一艘小船開始撐起一支更長的竿子，那支長竿是漂在海面上被小船拖過來的，材質應該是竹子，用很多很多竹子一根根接起來的，要把它撐起來必須放慢速度，因為竿子實在太細，搖晃幅度一大就會斷裂，而且力氣要大，操控手法要純熟，以免垂直重量讓小船失去平衡。

很好。這支長竿頂端顯然可以觸碰到月亮，我們看著它抵住布滿鱗片的月亮表面，停在那裡一會兒，似乎打算輕輕推一下，沒想到長竿竟然大力一頂，月亮被推出去後彈回同一個位置，又再彈開。我認出來了，不，我跟船長太太兩個人都認出來了，那個人是我表哥，除了他沒有別人，那是他最後一次戲弄月亮，是他的慣用手法，用長竿頂端抵著月亮彷彿在控制它的平衡。我們發現聾子表哥這麼做並無其他目的，他無意得到什麼具體結果，甚至可以說他正在把月亮推開，好讓月亮走向原本就該漸行漸遠的軌道上。這是他的行事風格，他不會違背月亮的本性、運行軌跡和命運，如果月亮想要遠離他，他會欣然接受月亮遠離，正如同之前他樂於接受月亮靠近。

面對這個情況，Vhd Vhd 船長太太該怎麼做呢？直到這時候她才表現出她對聾子表哥的愛並非一時意亂情迷而是奮不顧身。如果我表哥愛的是遠離的月亮，那麼她會離他遠遠的，留在月亮上。我看見她沒有走向長竿，只對著高掛在空中的地球輕撥琴弦、彈奏豎琴時就懂了。我說我看見她，其實只是用眼角餘光捕捉到她的身影，因為竹竿才觸碰到月亮表面，我就跳上去抓住它，跟蛇一樣順著竹節快速往上爬，雙手和膝蓋並用向上攀爬，在稀薄空氣中的我很輕，彷彿有一種大自然的力量推動我，命令忘卻先前登月動機，也或許是對登月動機和不幸結果有了深刻領悟的我返回地球。我在搖晃的長竿上爬到某個點就無需再用力，只管頭朝下讓地球引力帶著我滑行，直到長竿斷裂成碎片，我墜入小船間的大海中為止。

回到地球，回到故鄉明明很開心，但我只覺得失去她很痛苦，我始終盯著遙不可及的月亮，尋找她的身影。我看到她了。她就在我離開她時所在的同一個地方，她躺在我們頭頂正上方的沙灘上，不發一語，整個人與月色合一，豎琴在她身旁，她用一隻手緩緩彈著琶音。她的胸脯、手臂和腰肢都清晰可見，跟我記憶中的她一樣，即便現在月亮變成了扁平又遙遠的一個小圓圈，但只要月亮露出一角，我的目光便會開始尋找她，月亮越盈滿，我就越能想像自己看見她，看見她或某個只屬於她的東西，無論看百次或千次，是她讓月亮成為月亮，在每一次滿月的時候讓狗整夜嗷叫，而我也在其中。

拂曉時分

天文學家傑拉德・彼得・庫柏（Gerard Peter Kuiper）說，太陽系的行星是因流動的未成形星雲凝結才開始在黑暗中固化。剛開始又冷又黑。後來太陽漸漸變得緊密並縮小成今天的規模，在這個過程中它的溫度不斷升高，升高到數千度之後便開始在太空中散發輻射。

「那時候一片漆黑，」年邁的Qfwfq確認庫柏的說法。「我當時還小，記得的不多。我們跟平常一樣待在那裡，有爸爸、媽媽、Bb’b奶奶、來訪的幾位叔叔阿姨，Hnw先生，後來變成一匹馬的Hnw先生，還有我們幾個小孩。我們在星雲上，我好像之前說過不止一次，我們看起來像是躺下睡覺的樣子，總而言之就是平躺著，動也不動，隨便星雲愛怎麼轉就怎麼轉。不能躺在外面，你們明白我的意思嗎？不能躺在星雲表層，絕對不行，那裡太冷了。得待在下面，感覺就像是窩在流動的顆粒狀物質層裡。那時候還沒有計算時間的方法，每次我們試著數星雲轉了幾圈就會發生爭執，因為黑暗中沒有參照點，最後總會大吵一架。所以我們任憑數百年時光流逝彷彿不過短短幾分鐘，唯一能做的只有等待，儘量注意保暖，打打瞌睡，偶爾發出一點聲音好確認我們都還在。還有抓癢是在所難免。因為呢，我得解釋一下，所有這些分子旋轉運動勢必會引發令人煩躁的搔癢。」

我們到底在等什麼，沒有人說得清楚。可想而知，Bb'b奶奶還記得物質均勻散布在太空裡，有熱和光的時候。老一輩講故事總會誇大其辭，但是時間過得比較不無聊，或至少有些變化。對我們而言問題在於如何度過那個漫漫黑夜。

我們之中適應得最好的，是我個性內向的姊姊G'd(w)^n。她很害羞，喜歡黑暗。她總是選擇僻靜角落待著，在星雲邊緣凝望那一片漆黑，看著塵埃微粒湧動匯集成小瀑布，她自言自語，笑聲就像那些小小的塵埃瀑布，她哼歌，然後或睡著或醒著作夢。她的夢跟我們的不同，在黑暗中，我們夢見的是另一片黑暗，因為我們想不到別的。而我們從她的囈語中猜測，她夢見的是比這片黑暗深一百倍、更多變、柔軟光滑的黑暗。

第一個察覺到異狀的是我父親。我在打瞌睡，他高聲嚷嚷把我吵醒：

「天啊！我摸到了！」

我們周遭的星雲原本一直是流動物質，竟然開始凝結。

其實我母親已經翻來覆去好幾個小時，反覆埋怨道：「好煩，我都不知道要朝哪邊睡！」聽她這句話的意思，應該是覺得她躺的位置起了變化：塵埃不再像之前那般鬆軟、均勻、有彈性，不管你躺多久都不會留下痕跡，開始出現凹陷或下沉，尤其是在她平常全身放鬆躺臥的地方。她感覺身體下方好像出現許多變厚或突起的顆粒，而這些埋在數百公里深處的顆粒透過鬆軟的塵埃層層往上擠壓。我們通常不大理會我母親的預警，因為可憐的她過於敏感，加上年紀大了，那時候的生活環境確實讓她變得更神經質。

還有我弟弟 Rwzfs，當時還是小娃娃，我忽然聽見他發出奇怪聲音，不知道是敲打，還是刨挖，總之很不安分。我問他：「你在幹嘛？」他說：「玩。」

「玩？玩什麼？」

「玩一個東西。」他說

你們知道嗎，那是第一次有東西可玩。不然你們以為我們能玩什麼？玩氣體物質？

那也很好玩，但只適合我姊姊G'd(w)^{n}。如果Rwzfs開始玩，表示他找到了新玩意，而且向來愛吹牛的他還說他找到了一顆小石頭。不太可能是小石頭，但顯然是偏向固態的物質，或至少不再是純氣態的物質。關於這點，他始終沒有說清楚，反倒講起了故事，隨口胡謅的故事。直到鎳開始出現的年代，大家開口閉口都是鎳的時候，他說：「是鎳，我那時候玩的就是鎳！」於是他得到了「鎳Rwzfs」的綽號。（今天有些人說，我們這樣叫他是因為他變成了鎳，因為他反應慢，沒能脫離礦物階段。事實不然，我說的都是真話，不是因為他是我弟弟，他反應的確有點慢，這點沒說錯，但沒有到金屬反應那麼慢，比較接近膠體反應。所以他很年輕就跟一個藻類結婚了，那是最早出現的藻類之一，後來他們音信全無。）

總而言之，大家都感覺到不對勁，除了我。大概是我太心不在焉。我不記得是在睡夢中或是甦醒後聽到我父親驚呼「我摸到了！」，這句話原本毫無意義（因為在此之前根本什麼都觸摸不到），但是在這句話說出來的瞬間便有了意義，代表我們開始有所感，微微有點反胃，就好像是一片刀刃取代了我們腳下的軟泥，以至於我們原地彈跳了一下。我語帶責備說：

「欸，奶奶！」

後來我琢磨過許多次，為什麼我第一個反應是遷怒我奶奶。Bb'b奶奶一直維持她那個年代的某些習慣，常常做些莫名其妙的事，例如，她始終相信物質均勻膨脹，所以她會隨手把垃圾丟在一個地方，看著它越來越稀薄，漸漸消失在遠方。但是既然物質開始凝結，表示附著在物質粒子上的汙垢再也清不掉了，但她就是聽不進去。所以我才會下意識將「我摸到了！」這個新發現跟我奶奶可能做了不該做的事連結起來，於是發出那句感嘆。

然後Bb'b奶奶問我：「怎麼了？你找到甜甜圈啦？」

甜甜圈是銀河物質組成的一個小橢球體，是奶奶在宇宙早期大災變時不知道從哪裡挖出來的，她一直帶在身邊當坐墊。後來在漫長的黑夜期間弄丟了，我奶奶老是怪我把它藏起來。我是很討厭那個甜甜圈沒錯，長得奇形怪狀，擺在我們的星雲上很不搭配，但是最多只能怪我辜負奶奶的期許，沒有認真守護它。

就連我父親，向來對奶奶畢恭畢敬，也忍不住說了她幾句：「媽，你不看看現在發生什麼事，還找甜甜圈幹嘛！」

「唉，我都沒辦法睡覺了！」我媽媽接著補了這一句，也是不大識時務。

這時候傳來響亮的「噗！嗷哧！哈呸！」我們聽出來這是Hnw先生的聲音，他不知道怎麼了，又吐口水又咳痰。

「Hnw先生！Hnw先生！你保重啊！你在哪裡？」我父親連忙開口詢問，在仍然不見一絲光亮的黑暗中，我們摸索著抓住了Hnw先生，把他拉上星雲，讓他喘口氣。我們讓他躺在已經凝結的星雲光滑表層。

「嗷哧！這東西會把你封在裡面！」Hnw先生試著開口解釋，不過他向來拙於表達。「你往下沉、往下沉，然後就被吞掉了。哈呸！」他又吐了一口口水。

所以最新情況是，待在星雲上得小心不要陷下去。我母親憑著身為人母的直覺，率先反應過來，她放聲大喊：「寶貝，你們都在嗎？你們在哪裡？」

我們其實有點放空，之前大家規規矩矩躺了數百年，老是擔心會走散，現在才回過神來。

「冷靜，冷靜。大家不要走遠了。」我父親說。「G'd(w)^n！你在哪裡？雙胞胎呢？誰看到雙胞胎說一聲！」

沒有人回答。「天啊，他們不見了！」我母親尖叫。我的兩個小弟弟還不到能夠傳遞任何訊息的年紀，所以很容易走丟，必須時時看住他們。我開口說：「我去找他們！」

「對，Qfwfq你去找！」我爸媽剛說完就後悔了。「要是你走遠了，可能也會迷路！你別動！不，你還是去吧，但是要讓我們知道你在哪裡，你吹口哨吧！」

我在一片漆黑中移動，走在凝結的星雲沼澤裡，邊走邊吹口哨。走這個字，指的是在星雲表層移動的一種方法，幾分鐘前還無法想像，現在算是可以勉強一試，因為腳下的物質並不堅固，行走的時候一不留神就可能以斜角甚或直角往下沉，被埋在裡面。但是不管往哪個方向、往哪個深度去找人，找到雙胞胎弟弟的機率都是一樣的。誰知道他們兩個會跑去哪裡。

我突然間摔了一跤，照今天的說法是我被絆倒了。那是我第一次摔跤，我連「摔跤」是什麼都不知道，不過那時候物質還很鬆軟，所以我沒有受傷。有一個聲音說，「不要踩這裡，Qfwfq，我要你別踩這裡。」那是我姊姊G'd(w)^{n}的聲音。

「怎麼了？那裡有什麼？」

「我用東西做了一些東西……」她說完後，我花了一點時間才想明白，原來是我姊姊用泥巴揉捏出一座小山，上面有高高低低的尖頂和突起。

「你做的這是什麼？」

G'd(w)ⁿ的回答總是沒頭沒尾：「一個裡面有裡面的外面。呲，呲，呲……」

我跌跌撞撞繼續往前走，還被Hnw先生絆倒，他又頭下腳上被封在凝結的物質裡。「加油，Hnw先生！Hnw先生！你得想辦法站起來！」我再次幫他脫困，但這一次是由下而上把他往外推，連我也整個人陷在裡面。

Hnw先生一邊咳嗽喘氣一邊打噴嚏（氣候變得異常寒冷），他冒出頭的地方正好是Bb'b奶奶坐的位置。飛上天的奶奶開心極了：「是我的小孫子！小孫子回來了！」

「媽，你看錯了，是Hnw先生！」奶奶都糊塗了。

「小孫子呢？」

「他們在這裡！」我大聲說。「甜甜圈也找到了！」

雙胞胎應該一直躲在自己的祕密基地，在厚厚的星雲裡，他們也把甜甜圈藏在那裡玩。原本物質是流動的時候，漂浮的兩兄弟可以穿過甜甜圈中間的洞跳來跳去，但如今他們困在一種多孔的奶酪裡進退兩難：甜甜圈的洞被堵住了，他們被來自四面八方的奶酪卡在裡面。

「抓緊甜甜圈！」我試著讓他們明白。「我會把你們兩個小笨蛋拉出來！」我又拽又拉了半天，他們還沒反應過來，已經一個跟斗翻到星雲表層上。現在星雲表層覆蓋了一層彷彿蛋清的膜，甜甜圈一露出來就融化了。天曉得那幾天究竟發生了什麼事，又該怎麼向 Bb'b 奶奶解釋。

就在這個時候，彷彿大家約好了似的，叔叔阿姨們慢吞吞起身說：「哎，都這麼晚了，我們家小孩不知道在做什麼，實在不大放心，很高興見到你們，不過現在我們該走了。」

也不能說是他們找麻煩，其實，他們早該心生警覺告辭離開，但或許是因為他們住的地方比較偏遠，所以不知該如何是好。說不定叔叔阿姨們一直坐立難安到那個時候都不敢開口。

我父親說：「你們如果想走我不會挽留，但是你們最好想清楚，要不要等情況明朗再走比較好，現在走不知道會遇到什麼危險。」這番話合情合理。

但是叔叔阿姨們說：「不了，多謝你的好意，這次聊得很開心，我們不好再打擾了。」客套話僅止於此。總而言之，不是我們不關心，是他們不肯多說。

叔叔阿姨們一共三位，具體一點說，是一個阿姨和兩個叔叔，三個都瘦長瘦長，基本上長得一模一樣，我始終沒搞懂他們誰是誰的丈夫或兄弟，以及他們跟我們到底有什麼親戚關係。那個時候很多事情都很模糊。

他們一個個陸續離開，各自朝不同方向的漆黑夜空中走去，彷彿為了保持聯繫，他們不時會發出「哦！哦！」的聲音。他們不管做什麼都是類似反應，遇到事情毫無章法可言。

他們三個剛出發，就聽見「哦！哦！」的聲音從很遠的地方傳來，但是他們應該才走了幾步。我們還聽見他們不明所以發出驚呼，「這裡是空的！」「這裡不通！」「你幹嘛不來這裡？」「你在哪裡？」「你跳啊！」「我怎麼跳，拜託！」「這裡又折回去了！」反正完全聽不懂，但可以確定的是我們和這三位叔叔阿姨之間的距離已經非常遙遠。

最後出發的阿姨高聲喊叫的這段話最有條理：「我現在一個人在這個剝落的東西最高處……」

兩個叔叔的聲音從遠方傳來，很小聲，反覆道：「笨蛋……笨蛋……笨蛋……」

我們正透過聲音觀察這片黑暗的時候，變化發生了：這是我唯一親眼目睹、名副其實的巨大變化，其他一切變化與之相比都不算什麼。變化是從地平線開始的，那種顫動跟我們當時說的聲響無關，也跟現在說的「摸得到」無關。沸騰從遠方開始，同時席捲了周圍一切，轉瞬間黑暗與某個不是黑暗的東西形成對比，那便是光。等我們對事情現狀進行更仔細的分析後，會發現：第一，天空漆黑依舊，但開始有些不同；第二，我們所在的星雲表層，原本凝結成冰凹凸不平，現在髒兮兮的冰因為溫度大幅上升快速融化令人噁心；第三，我們打算稱之為光源的東西，也就是與我們之間隔著一望無際、空無一物的太空，越來越炙熱的那個量體，似乎正一閃一閃地變換各種顏色。還有，在我們和那個炙熱量體之間，出現了幾個發光的飄浮小島在空中繞行，島上有我們的叔叔阿姨和因為太遠縮小成一團陰影的其他人在高聲尖叫。

最重要的已經完成：星雲核心收縮後發出熱和光，於是有了太陽。其他星雲則各自凝結成好幾塊繼續繞著太陽轉，當中有水星、金星和地球，還有一些分布在比較遠的地方，該有的都有了。除此之外，就是熱得簡直要人命。

我們目瞪口呆站在那裡，只有Hnw先生為了謹慎起見依然匍匐在地。我奶奶則笑彎了腰。我之前說過，Bb’b奶奶經歷過光明時代，整個黑暗時期她一直在說遲早有一天世界會恢復成以前那樣。現在她說的話應驗了，原本她還想裝沒事，彷彿所有發生的一切都是理所當然，但是當她發現我們沒有人注意她，就哈哈笑了起來，挖苦我們說：

「無知……這群無知的傢伙……」

其實她也沒有十足把握，因為記憶力已經大不如前。我父親就他所知，小心翼翼對奶奶說：「媽，我知道你的意思，可是這次，恐怕不一樣……」他指著地面，驚呼道：

「你們看！」

我們低下頭，看著腳下原本是透明凝膠狀的地球，變得越來越堅實，漸漸混濁，從地心開始變濃稠，貌似蛋黃，但是還是能看見被初升太陽照亮的地球另一面。而我們在這個透明氣泡裡發現一團移動的黑影，像游泳又像是在飛翔，我們的母親大喊一聲：

「是我女兒！」

大家都認出那是G’d(w)^n，或許是被熊熊燃燒的太陽嚇到，扭捏靦腆的她竟然一頭栽進正在凝結的地球物質裡，現在正想辦法從地球內部打開一個出口，她一下子經過被太陽照亮的透明區域，看起來就像是一隻金色或銀色的蝴蝶，下一刻又消失在持續擴張的陰影中。

「G’d(w)^{n}！G’d(w)^{n}！」我們大聲呼喊，趴到地面上想打通一條路，好跟她會合。可是地球表面漸漸凝結成一個多孔的殼，我弟弟Rwzfs把頭塞進一個裂縫裡，脖子差點被卡斷。

之後我們就找不到她了，因為地球的整個中央區域幾乎都變成固態，我姊姊在裡面杳無蹤跡，也不知道她是被困在地心深處，還是在地球另一邊獲救，直到很久很久之後，一九一二年我在坎培拉遇到她，她嫁給了一位退休的鐵路員工蘇利文，整個人變得我幾乎認不出來。

我們站起身來。Hnw先生和奶奶站在我們面前哭，他們全身被藍色和金色的火焰包圍。

「Rwzfs！你幹嘛在奶奶身上點火？」我父親開口罵人，但是他一轉身看見我弟弟也被火焰包圍。就連我父親、我母親、我，我們所有人都在燃燒。或者不應該說燃燒，我們就像是身處在一座讓人眼花的森林中，火舌高高竄起籠罩整個地球表面，於是可以在這個燃燒的氣層中奔跑、翺翔，當作一種新的娛樂。

太陽輻射正在燃燒各個行星以氦和氧為組成成分的外層，在空中繞行的那些著了火的星球，包括我們叔叔阿姨所在的那顆星球，都拖著長長的金色和土耳其藍色尾巴，就像彗星拖著它的尾巴一樣。

黑暗再度降臨。我們以為該發生的都發生了。「現在才真的結束。」奶奶說。「你們以後要聽老人的話。」其實是地球剛剛完成了一次自轉。一切才正要開始。

太空中的記號

太陽位於銀河系外圍區域，大約需要兩億年才能繞銀河中心公轉一周。

「沒錯，需要那麼久，至少兩億年，」Qfwfq說。「有一次，我經過太空某一點時做了一個記號，就是想等兩億年後，當我們下一輪再轉到那裡的時候可以再看到它。什麼樣的記號？很難形容，因為說到記號你們會立刻想到跟其他東西不同的某樣東西，偏偏它並沒有什麼不同之處；或是你們會立刻聯想到用工具或用手做出來的記號，等工具或手拿開後就會留下記號，但是那個時候還沒有工具，也沒有手、牙齒或鼻子，這些東西都是後來才有的，而且是很久很久以後。關於記號的形式，你們會說那不是問題，不管它是什麼形式，記號都可以發揮記號的功能，不管它跟其他記號一樣或不一樣。說起來很簡單，但是那時候沒有例子可以讓我參考，再決定要做一樣或不一樣的記號，也沒有可供複製的東西，連一條線、一個角或一個弧度都沒有，更不知道什麼是點、凸或凹。

對，我是想做一個記號，或者應該說我打算把我想到要做的任何東西當作記號，既然在太空那一點而非其他點做了某個東西的我認為我做了一個記號，那麼我就真的做了一個記號。」

總而言之，作為宇宙第一個記號，或至少是銀河系第一個記號，我認為它很不錯。看得見嗎？嗯，好問題，那個時候誰有能夠視物的眼睛啊？沒有任何東西能看見和被看見，所以不需要考慮那個問題。是否容易辨識沒有搞錯的風險，是，因為太空中所有其他點都一模一樣無法分辨，唯獨這一點有記號。

各個行星繼續沿著軌道運行，太陽系也有自己的軌道，那個記號很快就被我拋在後面，與我在太空中相隔無垠空間。但我忍不住一直想何時會再回去遇見它，我會如何認出它，我會多麼快樂：在那無名的廣袤空間裡，在旅行了十萬光年而沒有遇到任何我熟悉的東西之後，在歷經數百個百年和數千個千禧年而什麼都沒遇到之後，再次見到它，它還在那裡，跟我離開時一樣，赤裸裸沒有任何修飾，只帶著我所給予它的獨一無二的印記。

銀河系帶著它一串串的星座、行星、星雲和太陽系等等緩緩自轉，繞圈。在不停迴旋中，唯有那個記號靜止不動，在某一點上，遠離所有軌道（我為了做這個記號，還跑出銀河系邊緣外面，好讓記號跟所有那些運行的天體保持距離不會被撞到），原本任意一點從它成為唯一確定在那裡的一點起，在其他點跟它建立某種明確關係後，就不再是任意一點。

我對它朝思暮想，再也無法思考其他事情。應該說，那是我第一次有東西可想，以前根本不可能思考任何東西，第一是因為沒有東西可思考，第二是因為沒有記號讓我思考，但是自從有了那個記號之後，就有了思考的可能性，思考記號，思考那個記號，換言之，那個記號既是可以思考的東西也代表可思考的東西本身。

所以情況是這樣的：記號是用來標記某一點的，同時也標記了那裡有一個記號，後者更重要，因為點有很多但記號只有一個，而且那個記號是我的記號，代表著我，因為它是我唯一做過的記號而且唯一做過記號的是我。記號就像一個名字，那個點的名字，也是標記了那個點的我的名字，總之它是所有需要名字的一切唯一可用的名字。

我們的世界跟著銀河系航行到遙遠的太空之外，而記號在我留下它的那個地方標記著那個點，同時也標記著我，我隨身帶著它，它住在我心裡，它完整地擁有我，它介入我和每一個我試圖建立關係的東西之間。在等待與它重逢的時間裡，我可以試著做其他記號，做不同記號的組合、各種相同記號的系列或不同記號的對比。然而距離我畫出那個記號的那個瞬間已經過了成千上萬個千禧年（老實說，就算距離我在持續的銀河系運行過程中把它畫出來才過短短幾秒鐘），在我想要回憶起它的每一個細節（對它只要有一點點不確定就會導致對它跟其他可能存在的記號之間有什麼差異的各種不確定）的此刻，我發現，即便我腦中記得它的大概輪廓和整體外觀，還是有些東西我想不起來，總之，如果我想要把它拆解成不同組成部分，我記不得這個和那個部分之間應該是這樣或那樣。我得把那個記號放在面前，研究它、參考它，然而它距離我不知道多遠，我之所以做這個記號就是為了知道我需要花多少時間才能再遇見它，但在我在遇見它之前我無法知道需要多少時間。不過現在我在乎的不是我做這個記號的動機，而是它長什麼樣子，我開始對它的樣子做各種假設，提出特定記號應該長什麼樣子的理論依據，用排除法試著排除所有不可能的記號類別以便找出正確的那個，但是沒有第一個記號做對照，所有這些想像出來的記號都虛無飄渺轉瞬即逝。我心力交瘁（而銀河系繼續在它那張空曠柔軟的床上不停地翻來轉去，彷彿受到所有世間萬物和燃燒放出輻射的原子刺激搔癢難耐），明白我對我的記號就連最朦朧的概念都無法掌握，我只能捕捉到一些可互相取代的記號碎片，也就是記號內的記號，而記號內的這些記號有任何改變都會把原本那個記號變成一個截然不同的記號，也就是說我忘記我的記號長什麼樣子就再也沒辦法想起來了。

絕望嗎？不，忘記固然很討厭，但不至於無法補救。反正不管怎樣，我知道記號在那裡等我，安安靜靜，動也不動。我會回到那裡，等我找到它就可以繼續我的思路。銀河系自轉應該差不多完成一半了，要有耐心，後半段總是感覺過得快一點。我現在只要想記號還在而我還會回去那裡就好。

時間一天天過去，我應該快到了。因為隨時有可能遇到我的記號而心浮氣躁。它在這裡，不對，要再過去一點，現在我數到一百……是它不見了？還是我錯過它了？居然沒有。我的記號不知道在哪裡，完全偏離了我們星系的運行軌道。我沒有計算到振動，特別是在那個時代，天體會受到引力作用影響導致運行軌道呈現不規則鋸齒狀，像大理花那樣。我花了數十萬年的時間絞盡腦汁重新計算，算出我們並不是每個銀河年都會回到那一點，而是每三個銀河年，也就是每六億太陽年才會回到那一點。既然等得了兩億年自然也可以等六億年，我等。路迢迢但反正我不需要用腳走，我在銀河系上度過那些光年，在行星和恆星的運行軌道上蹦蹦跳跳彷彿騎在速度快到蹄子擦出火花的馬背上。我處於一種越來越亢奮的狀態，準備出發去征服只有我在乎的東西，是記號是王國也是名字……。

完成第二周、第三周運行。我來了。我高聲呼喊。在應該是那個點的點上，在應該是我的記號的位置上有一道不成形的痕跡，像是太空龜裂或磨損刮痕。我失去了一切，失去了那個記號、那個點，以及讓我之所以是我（因為在那個點做了那個記號的是我）的一切。太空一旦失去記號，就變回之前那個沒有開始也沒有結束的空無漩渦，令人反胃，在那裡面，包括我在內的一切都消失無蹤。（別跟我說什麼我做記號或刪除我的記號都同樣標記了一個點。刪除意味著否定那個記號，也就是不標記，所以沒辦法用來區別一個點和出現在它之前之後的其他點。）

我沮喪萬分地虛度了許多光年。當我終於抬起眼睛（在那段期間，我們這個世界有了視覺，繼而有了生命），當我抬起眼睛，看到了我沒想過會看到的東西。我看到它了，是記號，但不是我的那個記號，是很相似的一個記號，顯然這個記號複製了我的那個記號，但是一眼就能看出來它不可能是我的記號，輪廓矮胖、輕率，不自然的浮誇，是我原本那個記號的粗製濫造贗品，因為反差的緣故，我此刻才想起我的記號是多麼純真，難以用言語形容。是誰跟我開這個玩笑？我真的想不通。經過數千年的推論，我終於找到了答案：在另一個比我們更早開始公轉的行星系上，有一個叫Kgwgk的傢伙（這個名字是後來開始有名字的時代才推演出來的），他愛找麻煩又嫉妒心重，在破壞的衝動驅使下劃掉我的記號後再用粗糙手法試圖做出另一個記號。

顯然Kgwgk的記號不過是想模仿我的記號並沒有要代表什麼，因此也不需要將兩者拿來比較。但是就在那一刻，不能輸給對手的欲望凌駕所有欲望之上，我想要立刻在太空中畫一個新記號，一個真正的記號，讓Kgwgk嫉妒死。我做完第一個記號之後，已經差不多七億年沒有再做過任何記號，可不能掉以輕心。現在跟以前不一樣，我跟你們說過，世界開始賦予自身一個形象，所有東西的形式要開始對應其功能，當時以為那些形式會延續很久（結果不然，舉一個相對而言比較近的例子：恐龍），所以我畫的新記號也受到當時看事物的方式影響，姑且稱之為風格吧，換言之，就是所有事物以一定方式存在的特殊方式。老實說我對結果很滿意，我不再為我的第一個記號被劃掉感到遺憾，因為這個新記號在我看來更美。

不過就在那個銀河年，我們意識到直到那一刻為止的世界萬物形式都是暫時的，未來會陸陸續續改變。有了這個認知後大家對於舊形象開始感到厭倦，就連留在記憶裡都難以忍受。我開始糾結於這個念頭：我留在太空中的那個記號，我當時覺得又美又獨特而且形式與功能相符的那個記號現在回想起來既不合時宜又矯情，代表我構思記號的方式很老派，應該要隨著時間慢慢拋開我看事情流於僵化制式的思維。換句話說，我覺得很丟臉，航行中的所有天體接下來數百年還會繼續經過那個記號，看著它可笑地炫耀它自己，炫耀我，以及我們的目光短淺。我只要想起它就一陣臉紅（偏偏我無時無刻不想起它），橫跨了一個又一個地質年代之後，為了掩飾我的羞愧，我躲進火山口下，懊惱萬分地用牙齒緊咬覆蓋大陸的冰蓋。只要想到Kgwgk在銀河系航行中永遠走在我前面，那個粗魯的傢伙會在我把記號刪掉之前看到它，會嘲弄模仿我，出於鄙視用粗糙搞笑手法在銀河系運行範圍的每一個角落複製我的記號，我就焦慮不已。

不過這一次複雜的星際時間運作對我比較有利。Kgwgk那個星系沒有遇到我的記號，而我們太陽系結束第一周運行後準時抵達那一點，所以我得以靠近小心翼翼地刪去整個記號。所以，現在太空中再也沒有我的記號，我可以另外畫一個，但我知道記號會被用來評斷畫記號的人，一個銀河年有足夠時間改變品味和想法，而過往的好壞取決於後來的品味和想法，我擔心現在我認為完美的記號，在兩億年或六億年後會讓我出醜。我覺得遺憾的是第一個記號，被蠻橫無理的Kgwgk劃掉的那個記號，就算時代日新月異依然無懈可擊，因為它出現在開始有形式之前，所以它肯定具有後來所有形式的共同點：形式即記號。

再做多少記號都不會是原來那個記號，我沒興趣，而那個記號早在數十億年前就被我遺忘了。雖然我不再做記號，但是為了讓Kgwgk不痛快，我開始做假記號，在太空中弄一些斑點、缺口或汙漬，只有像Kgwgk這種外行才會誤以為是記號。果然他孜孜不倦地一一劃掉讓它們消失（我再轉回來時就去檢查），應該費了他不少力氣。（我現在在太空中四處放假記號，看他究竟蠢到什麼地步。）

我運轉了一周又一周觀察他劃掉的結果（對我而言如今銀河系公轉是令人昏昏欲睡的無聊航行，沒有目標也沒有期待），結果發現一件事：銀河年復一年，那些塗抹痕跡開始褪色，而我在那些點上做的假記號紛紛浮上來。這個發現非但沒有讓我不高興，反而讓我重燃希望。如果Kgwgk的塗抹痕跡會消失，那麼他劃掉我第一個記號的痕跡應該也會消失，也就是說我的記號應該已經恢復了它最初的樣貌！

有所期待的我開始度日如年。銀河系彷彿燒紅的平底鍋裡那顆煎蛋翻來翻去，同時也是那個把蛋煎成金黃色的平底鍋，跟著不耐煩的我一起受煎熬。

不過隨著銀河年時光流逝，太空不再是原本那個單調、荒蕪、枯燥乏味的廣袤空間。想到要用記號標記某一點的，除了我和Kgwgk之外，還有許許多多分散在其他太陽系的數十億行星上，我持續遇見這樣的記號，有時候單獨存在，有時候成雙成對，有時候甚至十幾個群聚，有些是平面的簡單塗鴉，也有立體的固態記號（例如多面體），還有一些特別精心製作的記號有四維空間。所以當我抵達我做記號的那個點時，一口氣看到了五個記號。我認不出哪一個是我的。是這個，不對，是另外那個，才怪，那個看起來太摩登，但很可能它其實是最古老的一個，我認不出我自己的手法，我要是能想到把它做成這樣才有鬼⋯⋯。銀河系在太空中繼續航行，把舊記號和新記號都拋在後面，而我沒找到我的記號。

如果我說後來那幾個銀河年是有史以來最糟糕的銀河年，可不是我誇大其辭。我繼續向前航行，在記號越來越多的太空中尋覓，所有星球上不管你是誰都有機會在太空中用某種方式留下印記，我們地球也不例外，每次我轉一圈回來，就發現記號更多更擁擠，以至於地球和太空成了彼此的鏡子，兩者都用象形文字和表意文字鉅細靡遺地記錄各自的歷史，每個文字都可以是一個記號或者不是：玄武岩上的結核、沙漠中被風吹成的沙堆、孔雀羽毛上的眼狀斑點（經年累月生活在記號中，會漸漸傾向於把單純存在在那裡的所有東西都看作是記號，把它們轉化為代表自身的記號，放入有意做記號的人所做的系列記號中）、用火在片岩岩壁上燒出的條紋、陵墓三角牆斜簷口上第四百二十七道溝槽、拍攝磁爆時出現在畫面上的條狀雜訊（系列記號繁殖為各種記號的系列記號，這些重複無數次的記號都一樣但也都有些微差異因為除了刻意做的記號外也有不經意出現在那裡的記號）、一份晚報上字母R有條腿墨色不勻又卡到紙張纖維凹凸不平、墨爾本船塢閒置空間某道瀝青牆面八十萬片剝落的其中一片、統計圖表上的一條曲線、柏油路上一道煞車痕、一個染色體……。偶爾，會讓人為之一驚：是它！有那麼一秒鐘我認為我找到了我的記號，至於是在地上或在太空中找到的無關緊要，因為這些記號間建立了再也沒有明確邊界的延續性。

從此宇宙中沒有容器與內容物，只有占據整個太空的記號疊加、黏合起來的總厚度，是綿延不斷密布的點，極為細小的點，是線條和刮痕和浮凸和蝕刻交織的網，宇宙被各種潦草塗鴉填滿，所有維度皆然。再也無法確立某個參照點，因此銀河系繼續旋轉，而我已無法計數它轉了幾圈，任何一點都可能是起點，任何一個被其他記號疊跨的記號都可能是我的記號，發現它又如何，反正沒有記號的太空已不復存在。或許它從未存在過。

一切始於一點

根據美國天文學家愛德溫・哈伯[1]計算星系膨脹的速度，可以回推整個宇宙物質曾經集中於一點的時間，之後宇宙才開始在太空中膨脹。而使宇宙誕生的「大爆炸」（big bang）應該是發生在一百五十億或兩百億年前。

「可想而知當時我們都擠在那裡，」年邁的Qfwfq說。「不然還能在哪裡？那時候誰都不知道後來有空間這回事，也不知道什麼是時間。我們跟沙丁魚一樣擠成一團，要時間幹嘛？」

我說「跟沙丁魚一樣擠成一團」，只是借用那個文學意象，實際上連擠成一團的空間都沒有。我們每個人所在的點跟其他人所在的點是同一個，因為我們大家都只有那一點。總而言之，我們互不干擾，但畢竟有個性差異，在沒有空間的情況下，遇到Pber^t Pber^{d}先生這種討厭鬼一直黏在身邊實在叫人很不爽。

我們一共多少人？呃，我始終沒概念，連約略估算都做不到。要數人頭，大家總得稍微分開一點，問題是我們全都在同一點上。而且事情跟你以為的不同，那個狀態很不利於社交。我知道在其他時代鄰里間有來有往，但是在那一點，所謂鄰里就是所有人，所以我們連互道早安或晚安都不說。

每個人只跟極少數認識的人互動。我記得的有$Ph(i)Nk_o$太太，她的朋友De XuaeauX先生，還有姓Z'zu的一個移民家庭，以及我先前提到的$Pber^t$ $Pber^d$先生。另外有一名清潔婦，大家叫她「維修人員」，全宇宙只有她一個，因為需要打掃的環境實在太小。老實說，她整天無事可做，連撣灰塵都不用，畢竟那個點連一粒塵埃都容不下，所以她不是在搬弄是非就是在發牢騷。

光是我說的這幾個人就已經太多，更何況我們還有一些東西必須堆放在那裡，包括之後要用來打造宇宙的材料，但都是拆解和濃縮狀態，所以你根本認不出哪一個將來會成為天文學的一部分（例如仙女座星雲），或成為地理學的一部分（例如法國佛日山脈），或成為化學的一部分（例如鈹的同位素）。而且我們老是撞到Z'zu家的各種家具，如行軍床、床墊和籃子等等。Z'zu家人口眾多，一不注意就會擺出世界上只有他們一家人的姿態，甚至還打算在那一點上穿幾條繩子晾曬洗好的衣服。

不過其他人對Z’zu一家人也有不公平之處，就以稱他們是「移民」這件事來說，成立的前提是其他人先來，他們後到。但我認為這顯然是沒有根據的偏見，因為既無先和後，也沒有可以遷移過來的他處。但是有人堅持「移民」可以被視為一種純粹概念，跟空間和時間無關。

老實說，我們當時的思想很狹隘，也很短淺，是環境使然。這個思維模式深植在我們心中，即便到了今天還是會跑出來，如果我們之中有兩個人在公車站、電影院或國際牙醫學會上相遇，就會開始回憶往事。打過招呼後（有時候是別人認出我，有時候是我認出別人），緊接著便會詢問這個人或那個人的事（即便每個人只記得其他人記得的那些人之中的某一個），然後開始回顧當年的口角、惡劣行徑和說過的壞話。直到有人提起Ph(i)Nk$_o$太太的名字，那些閒話才戛然而止，所有卑劣念頭都被放到一邊，覺得如釋重負，轉而沉浸在一種幸福、寬容大度的感動中。Ph(i)Nk$_o$太太是唯一一個我們難以忘懷、心中牽掛的人。她到哪裡去了？我早已不再尋找她，Ph(i)Nk$_o$太太的胸脯、腰臀和她的橘紅色晨袍，我們再也遇不到她了，無論是在這個星系或另一個星系。

話說在前頭，關於宇宙變得過度稀薄便會再次凝結，因此我們會在那一點相聚重新開始的理論，我從未信服過。然而我們之中很多人對此深信不疑，一直在為大家重返那一點做準備。你們猜我上個月走進這家咖啡館，看見誰坐在那個角落？Pber^t Pber^{d}先生。「近來可好？你怎麼會來這裡？」我因此得知他現在是帕維亞一家塑膠材料的代理商。他跟以前一樣，口中鑲著一顆銀牙，用碎花圖案的吊帶固定長褲。「等我們回到那裡，」他低聲對我說。「這次得留意把某些人擋在外面……。你知道我說的是誰吧，就是Z'zu那家人……」

我很想回答他，我已經聽過不止一個人這樣說，不過最後一句是：「你知道我說的是誰吧……就是Pber^t Pber^{d}先生……」

為了不讓自己隨波逐流，我急忙轉換話題：「你覺得我們還能找到Ph(i)Nk$_o$太太嗎？」

「啊，可以吧……她，可以吧……」他臉紅了。

我們大家之所以希望重返那一點主要是為了能跟Ph(i)Nk$_o$太太在一起（即便是不相信那套理論的我也不例外）。在那家咖啡館，一如既往，我們開始回想她的種種，感觸良多，就連我對Pber^t Pber^{d}先生的反感都因為追憶往事減弱許多。

Ph(i)Nk$_0$太太的祕密在於她不會讓我們互相嫉妒，也不會說彼此閒話。她跟她的朋友De XuaeauX先生上床，我們都知道。如果在那一點上有一張床，那張床勢必會占據整個點，所以問題不在於上床，而是誰在床上，因為只要你在那個點上也就會在那張床上。換句話說，她不可避免地跟我們每一個人都上床。若是換成另一個人，天知道背後會有多少流言蜚語。那個清潔婦每次都帶頭嚼舌根，其他人自動跟進。舉例來說，關於Z'zu這一家，我們聽了好多可怕的事，爸爸女兒兄弟姊妹媽媽阿姨，不清不楚的暗示沒有停過。Ph(i)Nk$_0$太太就不一樣，我從她那裡感受到的幸福，是化為點狀的我與她合而為一，以及保護化為點狀的她與我合而為一的幸福，那個想法既墮落（所有人集中化為一點與她合體的紛亂關係）又純潔（化為一點的她難以穿透）。夫復何求。

對我而言是如此，其他每一個人都有同樣感受。她也不例外，她包容我們和被我們包容的快樂沒有不同，她一視同仁接納我們、愛我們、住在我們所有人心中。

我們大家相處愉快，或許太過愉快，所以注定要發生驚天動地的大事。果然有一天她開口說：「年輕人，要是能有一點空間，我好想做肉醬麵給你們吃！」我們當時想到的是她圓潤臂膀握著桿麵棍在麵皮上前後移動需要的空間，想像她胸前偌大砧板上堆著高高的麵粉和雞蛋而她小臂沾滿雪白麵粉和油揉麵團的畫面；我們想到的是麵粉、磨成麵粉的麥子、種麥子的田地、灌溉田地的水源地山區和提供肉醬原料的牛和小牛犢放牧的草地所需要的空間；想到麥穗成熟得有陽光照射也需要空間；想到恆星氣體組成的分子雲凝結成太陽燃燒也需要空間；想到不計其數的恆星、星系和星系團需要多少空間才能讓每一個星系每一個星雲每一個太陽每一個行星可以保持懸浮；就在我們思考這些問題的同時，空間已勢不可擋地成形了，Ph(i)Nk$_o$太太開口說：「……肉醬麵啊，年輕人！」那個瞬間，她和我們所在的那一點開始膨脹，像光圈一樣擴張到數個光年、數百光年和數十億光年以外的距離，而我們被拋向宇宙的四面八方（像Pber^t Pber^{d}先生就被拋到帕維亞），Ph(i)Nk$_o$太太則在不知道哪種光熱能量中消解。她，在我們那個封閉狹隘的世界裡，是做出慷慨之舉的第一人，「年輕人，我好想做肉醬麵給你們吃！」在她發出真心的愛的呼喚一剎那，催生了空間概念，不但有了空間，有了時間、萬有引力和有引力的宇宙，還有了無以計數的太陽、行星、麥田和散布在不同行星大陸上、用沾著麵粉和油的手揉麵團的Ph(i)Nk$_o$太太，只是她在那一刻消失無蹤。我們永遠懷念她。

譯注

1 美國天文學家艾德溫・哈伯（Edwin Powell Hubble, 1889-1953）於一九二九年證實星系遠離地球的速度，與該星系和地球間的距離成正比，是為哈伯定律（Hubble's law）。這是宇宙膨脹理論的基礎。

無色世界

地球在大氣層和海洋形成之前，看起來應該像是一顆灰撲撲的球在太空中旋轉，就跟現在的月球一樣。因為沒有任何屏障，太陽紫外線直射月球，破壞了所有顏色，因此月球表面的岩石不像地球岩石那般五顏六色，而是死氣沉沉的單一灰色。所以地球之所以能展現它五彩繽紛的面貌，是因為有大氣層過濾了要命的紫外線。

「是有點單調，」Qfwfq證實，「但也很放鬆。我無視空氣阻力高速前進，行千萬里路，放眼望去除了灰色還是灰色。那時候地球上沒有任何鮮明的顏色，例如白色，如果有，也只有太陽正中央根本無法直視的純白；也沒有黑色，夜色不是墨黑，因為抬頭就見滿天星斗。地平線一望無際，絲毫不受環繞在灰色礫石平原周圍、隱約起伏的連綿灰色山丘影響。我走過一個又一個大陸，從未到達過岸邊，因為海洋、湖泊與江河都還在地底下某處蟄伏。」

那個時候很難遇到其他人，我們畢竟為數不多！在有紫外線的情況下能堅持下來的自然不會太多。而且你能明顯感覺到沒有大氣層這回事，流星彷彿冰雹般從太空四面八方落下，就是因為少了平流層，沒有任何遮擋能讓流星撞上去之後解體。而且一片死寂，你可以放聲大喊，但是沒有空氣振動，我們全都又聾又啞。溫度？周圍沒有任何東西可以儲存太陽熱能，所以入夜後凍到全身僵硬。幸好地表下方會發熱，因為有很多熔化的礦物在地心深處互相推擠。夜晚很短（白晝也是，因為那時候地球自轉速度比較快）。我睡覺的時候懷裡抱著一顆暖烘烘的岩石，周圍的乾冷感覺起來反而很舒服。總而言之，關於氣候，老實說，我個人覺得不算太糟糕。

好多不可或缺的東西我們都沒有，所以沒有顏色其實是小問題，就算我們知道有其他顏色，也會覺得那是無關緊要的奢侈品。唯一不便之處是很費眼力，當你想要找某個東西或某個人的時候，因為全部如出一轍沒有顏色，就沒有清楚可辨的形式讓你看清前後左右，最多只能勉強分辨出正在移動的東西，例如滾動的流星隕石，或地震時劇烈晃動的地表上裂開一條縫，或噴發的火山礫。

那天我在岩石環繞的圓形空地上奔跑，那些岩石像海綿一樣多孔洞，形成一個個前後接續的拱門，在那片缺乏顏色的崎嶇地形上製造出明暗度不同的凹凸斑駁陰影。我在無色的拱門石柱間瞥見一道無色身影快閃而過，消失後在不遠處再度出現，一對瑩瑩目光忽隱忽現，我還沒搞清楚那是什麼之前已經墜入情網，對Ayl的雙眸緊追不捨。

我來到一片沙漠，在看似相同但始終有些不同的兩座沙丘間蹣跚前進。從不同角度觀察，這兩座沙丘的輪廓像是躺臥的胴體。從那個角度看，貌似有一隻手臂緊貼柔軟的胸脯，掌心托住低垂的臉頰；從這個角度看，則像是伸出一隻纖柔的腳，大腳趾特別細長。我站在那裡研究所有可能的類比，足足過了一分鐘才意識到在我眼前的並不是沙丘壟脊，而是我尋覓的目標。

無色的她，不敵睏倦，躺在無色的沙地上。我在她身旁坐下。我現在才知道，當時紫外線直射我們星球的時代正步入尾聲，原本的地球模式在即將結束之際展現了巔峰之美，在此之前地球從未經歷過能與我眼前殊色相提並論的時刻。

Ayl睜開雙眼，看見我。最初我以為她無法分辨我，就像我之前無法分辨那個灰濛濛世界裡的一切，後來她認出我是那個追著她跑的陌生人，著實嚇了一跳。但隨後她似乎意識到我們本質上的共通之處，羞怯微笑的她眼神閃爍，讓我忍不住發出無聲的歡呼。

我開始打手勢與她交談：「沙。不是沙。」我先指了指周圍，再指向我們兩個。

她點頭表示同意，還有她看懂了。

「岩石。不是岩石。」我繼續順著這個話題打手勢。那個時代我們擁有的概念不多，要比劃出我們兩個，以及我們兩個的共通和相異之處，可不是一件容易的事。

「我。你不是我。」我用手勢試著解釋。

她不同意。

「對。你像我，不過是那樣和那樣。」我更正。

她稍微放鬆，但還是有戒心。

「我，你，一起，跑跑。」我試著對她說。

她哈哈大笑轉身就跑。

我們在火山口奔跑。在陰沉沉的中午時分，Ayl飛舞的長髮和火山口竄起的火舌轉瞬間合而為一。

「火。頭髮。」我對她說。「火等於頭髮。」

她看起來被我說服了。

「不美嗎？」我問她。

「美。」她回答道。

在泛白的黃昏中太陽漸漸偏西。陽光斜照在灰暗的石頭上，其中幾顆亮了起來。

「那些石頭不一樣。你看很美。」我說。

「不看。」她的眼睛看向別處。

「那些石頭很美。」我指著那些發光的灰色石頭再說一次。

「不看。」她不肯看。

「給你，我，那些石頭！」我自告奮勇。

「不要。這些石頭。」Ayl抓起一把灰暗的小石頭，而我已經跑了過去。

我帶著那些發光的小石頭回來，強迫她收下。

「很美！」我試圖說服她。

「不美！」她先否定，之後才低頭看，發現離開陽光後的小石頭就跟其他石頭一樣灰暗，她才說：「很美！」

夜幕低垂。那是我第一次睡覺懷裡抱著的不是岩石，或許正因為如此，我覺得那一夜特別短。光明隨時可能抹去Ayl的身影，讓人懷疑她是否真的存在，黑暗才讓我篤定她在。

白晝再次為地球染上灰色，我環顧四周不見她身影。我發出無聲吶喊：「Ayl！你為何離開我？」其實她就在我面前，她也在找我但沒有發現我，同樣發出無聲呼喚：「Qfwfq！你在哪裡？」直到我們的視覺重新適應如何在那灰濛濛的光中觀察、辨識出眉毛、手肘或臀部突出的弧線。

我恨不得給Ayl送上滿坑滿谷的禮物，但是沒有一件配得上她。我找來各式各樣用不同方式從地球單調表面剝落的東西，所有帶斑駁汙漬的東西。但我很快發現Ayl跟我的品味不同，甚至是截然相反。我尋找的是一個不同的世界，不再被一成不變的黯淡禁錮的世界，我不放棄任何蛛絲馬跡、任何微光（事實上有些東西開始改變，某些原本無色的地方似乎閃現出虹光），而Ayl住在沒有空氣振動、寂靜無聲的地球上無憂無慮，對她而言，試圖破壞視覺絕對中性色的任何事物都是刺耳的變調，唯有想要變成不是灰色的欲望被灰色壓制後，美才會顯現。

我們該如何相互理解呢？在我們眼中，世界上沒有任何東西足以表達我們對彼此的感受，當我執著於在萬物中捕捉未知的振動時，她則想要將萬物簡化為超越最終本質的無色。

一顆流星劃過天際，軌道經過太陽前方，它熾熱流動的外殼一度成為太陽光的過濾器，突然間整個世界沉浸在前所未見的光彩中。橘色峭壁下方是紫色深淵，我淡紫色的雙手指著綠色的火流星，我脫口說出還無法用言語表達的一個想法：

「這個送給你的！我送這個給你，是的現在很美！」

於此同時我急忙轉身，想看看Ayl在這個集體蛻變的時候會以怎樣煥然一新的模樣出現，結果我沒看到她，彷彿在那層無色塗漆驟然碎裂的瞬間她先找到方法躲藏，再從龜裂的縫隙中溜走。

「Ayl！別害怕，Ayl！你出來看！」

轉眼流星已經遠離太陽，地球恢復原本的灰色，在我迷惑的眼中看來比之前更灰暗，更難辨，更黯淡，而Ayl不在。

Ayl真的消失了。我日日夜夜尋覓她的身影。那時候初見日後世界的雛形，不過用的都是現成的、未必最適合的材料，反正大家心裡有數一切都還沒有定論。煙燻色的熔岩樹伸展著扭曲的枝椏，枝椏上是薄薄的板岩葉片。火山灰蝴蝶在開著一朵朵不透明水晶雛菊的白堊土草地上飛舞。在那片無色森林中枝幹上盪來盪去的無色身影說不定是Ayl，正彎腰採摘灰色灌木叢下灰色蘑菇的無色身影也可能是她。我無數次以為自己找到她，又無數次再次失去她。我從原野尋覓到民居區。那個時候，預見即將發生變動的不知名建造者開始為遙遠的未來打造並不成熟的各種空間意象。我走過用石塊堆疊而成的塔群，爬過只有一條條坑道、彷彿荒漠的石山，來到一個面對泥海的港口，走進一座花園，沙造花壇上有立石高聳入天。

那些灰色的立石上有若隱若現的灰色長條圖案。我停下腳步。Ayl在花園裡跟她的同伴嬉戲，將一顆石英圓球拋向空中再接起。

她們有一次拋球太用力，球飛到我手邊被我抓住，大家分散開來找球，我看到Ayl落單，就把球拋向空中再接住，她發現異狀，我躲了起來，繼續用球吸引Ayl的注意，引導她越走越遠。當我現身的時候，她先罵了我幾句，然後笑了，之後我們跑到從未去過的地方玩耍。

那時候地球的地層在一次又一次地震中努力尋找平衡。時不時一陣晃動，在我跟Ayl之間的地面上便會出現裂縫，我們隔著裂縫繼續拋接石英球。原本被壓縮在地心的各種元素藉由這些縫隙得以釋放，我們看著岩石崢嶸崛起，煙霧湧洩而出，沸騰的熔岩一股股向外噴濺。

我一邊跟Ayl玩球，一邊注意到一層厚厚的氣體在地殼表面蔓延開來，像是漸漸升起的薄霧，轉眼淹沒我們的腳踝，再爬升到膝蓋，來到臀部……。Ayl看到這個景象，眼神充滿不安和畏懼。我不想嚇她，假裝沒事繼續我們的遊戲，其實我也很焦慮。

這個變化前所未見：一個流動的巨大氣泡在地球附近持續膨脹，把整個地球籠罩在其中，再過一會兒就能把我們從頭到腳都包裹在裡面，不知道會發生什麼後果。

我把石英球拋給站在地表裂縫另一端的Ayl，但是球飛行的距離不知為何比我預期的短，掉進裂縫裡。是球突然間變重了？不是，是裂縫變得碩大無比，現在Ayl離我好遠好遠，我們之間出現一條大河，波濤洶湧拍打著岸邊岩石激盪出水花，我在河岸這邊傾身大喊：「Ayl！Ayl！」我的聲音，我發出的聲音，遠比我想像的更加宏亮有力，只是濤聲隆隆壓過了我的聲音。總之，我們完全不明白究竟發生了什麼事。

我伸手摀住聽不見的耳朵，在那一刻我甚至覺得有必要摀住鼻子和嘴巴，以避免吸入周圍濃郁的氧氣和氮氣混合物，但是遭受最強烈衝擊的莫過於我的眼睛，感覺我的眼睛快要爆掉了。在我腳下蔓延開來的液體突然間變了一個顏色，讓我睜不開眼，我衝口而出語無倫次叫嚷的那句話，後來有了明確的意義：「Ayl！大海是藍色的！」

期待已久的巨大變化終於發生。如今地球有了空氣和水。在剛剛形成的藍色海洋上空，西沉的太陽也有了顏色，是更鮮豔、截然不同的顏色，讓我忍不住繼續不知所云大喊：「太陽真紅啊！Ayl！真的好紅！」

夜幕低垂。就連黑夜也跟以往不同。我一邊奔跑尋找Ayl的身影，一邊發出各種莫名所以的聲音試圖告訴她我看到了什麼：「Ayl！Ayl！星星是黃色的！」

那天晚上和接下來的日日夜夜我始終找不到她。周圍的世界不斷展現新色，粉紅色的雲聚集成紫色厚重雲層後開始釋放金色閃電；漫長暴風雨結束後出現的彩虹又帶來前所未見的繽紛色彩，變換各種奇妙組合。葉綠素也開始攻城掠地，溪水流過的山谷裡有了綠色的苔蘚和蕨類植物。這一幕終於配得上Ayl的美，然而她卻不在！少了她，這些華麗的五顏六色對我來說毫無意義，可有可無。

我走遍世界，看到原先我曾見過灰色的一切，而今火是火紅色、冰是白色、天空是淺藍色、地面是棕褐色、紅寶石是紅色、黃寶石是黃色、祖母綠是綠色，每每令人驚豔。Ayl呢？我窮盡所有想像力也無法想像她會以什麼樣子出現在我眼前。

我又找到那個立石花園，如今樹木草地綠意盎然。噴水池中有紅色、黃色和藍色的魚在游水。Ayl的同伴在草地上蹦蹦跳跳，拋接一顆彩虹色的球。她們變得跟以前很不一樣！有一個是金髮，肌膚雪白，另一個是棕髮，皮膚小麥色，還有一個頭髮是栗色，膚色偏紅，至於那個紅髮女孩的臉上則長了好多可愛的雀斑。

「Ayl呢？」我大喊。「Ayl呢？她在哪裡？她好不好？她為什麼沒有跟你們在一起？」

女孩們的唇色紅潤，牙齒潔白，舌頭和牙齦都是粉紅色。同樣是粉紅色的，還有她們的乳暈。她們的眼睛顏色分別是海水藍、櫻桃黑、淺褐色和深紫色。

「呃……Ayl……」她們一邊玩一邊回答。「她不見了……沒有人知道……」

我試著想像Ayl的頭髮和肌膚可能會是什麼顏色，但我想不出來，所以我只能繼續在地球表面搜尋她的蹤跡。

「如果在地表上找不到，」我心想，「那她就有可能在地表下！」因此下次地震一發生我便鑽進裂縫裡，奮力朝地心方向前進。

「Ayl！Ayl！」我在黑暗中呼喚她。「Ayl！你出來看看現在外面有多美！」喊到聲嘶力竭後，我不再出聲。就在那個時候我聽見Ayl的回應，她輕聲細語，語氣很平靜。「噓，我在這裡，你為什麼要大吼大叫？你想幹嘛？」

那裡一片漆黑，我什麼都看不見。「Ayl！跟我一起出去，你知道外面……」

「我不喜歡外面。」

「可是你之前……」

「之前是之前，現在不一樣了。現在好亂。」

我哄騙她：「才沒有，那是一時的光線變化，就跟流星那次一樣！現在已經結束了，一切又回到從前。來吧，別害怕。」我心想，她如果願意離開，等最初的慌亂過去後，她就會習慣那些顏色，會很開心，會明白我騙她是為了她好。

「你說的是真的？」

「我為什麼要編故事？來吧，我帶你出去。」

「不，你走前面，我跟著你。」

「可是我想先看看你。」

「我想讓你看的時候你才能看。你走前面，不准回頭。」

地震一次又一次為我們開路。岩石像扇子那樣一層層展開，我們在縫隙間前進。我聽見Ayl踏著輕盈的腳步跟在我背後。只要再一次地震，我們就能離開。我在貌似書本攤開時書頁般層層疊疊的玄武岩和花崗岩石階上奔跑，走完從底部裂開的那塊角礫岩就能返回地表，陽光普照的綠色大地已經近在眼前，光線大老遠跑來迎接我們。我就快要看見Ayl顏色煥然一新的臉龐了……我轉身看她。

在強光照射下我的眼睛什麼都看不見，只聽見她的尖叫聲往後退回到黑暗中，隨後地震轟隆巨響蓋過一切，一道岩壁突然拔地而起，將我們分開。

「Ayl！你在哪裡？你快想辦法繞過來，等這塊岩石就定位就來不及了！」我沿著那道岩壁狂奔，希望能找到一個開口，可是那片光滑、堅固的灰色岩壁看不到盡頭，也沒有一絲裂縫。

一條龐然山脈在那一刻隆起成形，我被擋在外面，留在地表上，而Ayl卻被擋在岩壁後面，封入地底下。

「Ayl！你在哪裡？Ayl！你為什麼沒有出來啊？」我環顧在我腳下展開的風景，在那須臾瞬間，腥紅色的罌粟花在豌豆綠草地上初次綻放，一條條金絲雀黃色的田地在褐色山丘上展開，山丘緩坡下降臨接土耳其藍粼粼波光閃爍的大海，可是在我看來卻是如此乏味，如此平庸，如此虛矯，跟Ayl這個人、她的世界、她的審美觀格格不入。我明白她永遠不可能屬於這個地方，而傷心欲絕又受到驚嚇的我也意識到我將永遠留在這裡，再也無法逃離那些銀光或金光閃閃、從天藍色變成粉紅色的雲朵，以及每到秋天就會變黃的綠葉。Ayl的完美世界不可能再重現，我甚至無法再想像那樣一個世界，其實已經沒有任何東西能讓我再想起它，除了那道冰冷的灰色岩壁。

玩不完的遊戲

如果各星系不斷遠離，變稀薄的宇宙得靠新物質構成的新星系來填補空缺。為了維持宇宙的平均密度穩定，只要每兩億五千萬年為四十立方公分的膨脹空間創造一個氫原子就足夠（這個理論叫做「穩態理論」，跟宇宙始於某個時刻一場巨大爆炸的理論相抗衡）。

「我那時候還小，但我已經有所察覺。」Qfwfq說。「我熟知道每一顆氫原子，只要有新的出現我都能立刻發現。我小時候，全宇宙除了氫原子之外，沒有其他東西可以玩，那時候有另一個跟我同年齡的小男孩叫Pfwfp，我們一天到晚都在玩氫原子。」

怎麼玩？很簡單。太空是弧形的，我們就讓那些氫原子沿著弧形滾動，像打彈珠那樣，誰的氫原子滾得最遠就獲勝。打的時候要算好旋轉角度跟軌道，要懂得利用磁場和重力場，要不然彈珠偏移就會被淘汰掉。

規則都一樣：你可以用一顆氫原子去擊打你的另一顆氫原子好讓它往前進，或是彈開對手擋路的氫原子。不過要小心不能太大力，因為兩顆氫原子咚一聲碰撞，有可能會生成氘，甚或是氦，你就輸掉兩顆氫原子，如果其中一顆是你對手的，你得賠給他。

你們知道太空曲率是怎麼回事，所以氫原子滾啊滾，到了某一點就會順著斜度滑下去抓不回來。因此氫原子的數量會越玩越少，先把氫原子用完的那個人就輸了。

沒想到在關鍵時刻，新的氫原子出現了。而且新的跟用過的很不一樣，新的氫原子亮晶晶的，清澈又新鮮，跟朝露一樣水潤。因此我們訂定了新的遊戲規則：一顆新的氫原子等於三顆舊的；每次有新的氫原子出現，我們兩個要均分。

所以我們的遊戲永遠玩不完，也玩不膩，因為每次找到新的氫原子，就覺得是新遊戲，彷彿我們是第一次玩這個遊戲。

然而，隨著時光流逝，我們玩遊戲玩得有點欲振乏力。新的氫原子不見蹤影，舊的氫原子丟掉之後沒辦法補給，我們的彈射力道越來越弱，出手越來越猶豫，擔心會在那個光滑、荒蕪一片的太空中失去我們所剩無幾的比賽工具。

Pfwfp也變了，他變得心不在焉，到處亂跑，輪到他出手的時候總是不在，我呼喚他也不見他回答，要等半個小時之後才出現。

「輪到你了，你怎麼搞的，不想玩啦？」

「我要玩，別催我，我現在就彈。」

「哼，你再這樣亂跑，我們就中止比賽！」

「煩欸，你快輸了，意見才那麼多。」

是真的，我手上的氫原子已經用完，而Pfwfp不知道為什麼，總是多一顆備用。如果沒有新的氫原子出現讓我們分配，我就沒機會扳回頹勢了。

我等Pfwfp走遠，踮著腳尖跟在他後面。他還在我視線範圍內的時候，看起來漫無目的，吹著口哨四處閒逛。可是一旦離開我的視線範圍，他就開始在太空中小跑步，步伐穩健，像是腦袋裡有一個明確計畫。不過他的計畫，他瞞著我的祕密行動，很快就被我揭穿：Pfwfp知道所有生成新氫原子的位置，他會三不五時轉一圈收集剛出現的氫原子，然後藏起來。難怪比賽時他有用不完的氫原子！

身為騙子累犯的他在把這些氫原子拿出來玩之前，還會動手腳把它們做舊，摩擦電子薄膜，弄得傷痕累累黯淡無光，讓我以為是他湊巧在某個口袋裡找到的舊氫原子。

更有甚者。我快速計算他比賽時用的氫原子數量，發現我看到的只是他偷走新氫原子後藏起來的一小部分。他該不會存了一整個倉庫的氫原子吧？他想幹什麼？他在計劃什麼？我忍不住懷疑 Pfwfp 是不是想要打造一個屬於他自己的全新宇宙。

從那一刻起我坐立難安，我一定要以牙還牙。我可以學他，現在我知道位置，我可以比他早到幾分鐘，在他出手之前先發制人，把那些剛生成的氫原子全都占為己有！但是這樣做太便宜他了。我得設下陷阱，懲罰他的背信忘義。首先，我開始製造假的氫原子。當他專心於背叛侵占的時候，我在我的祕密儲藏室裡秤重、搗碎並揉合我手邊所有材料。老實說我的材料並不多：光電輻射、磁場銼屑和一些掉在半路上的微中子。但是我用力又搓又捏，再用唾液沾濕，終於將它們成功揉在一起。總之，我準備了一些粒子，仔細看的話會知道那既不是氫原子，也不是任何一種叫得出名字的元素製成品，但是對 Pfwfp 那樣匆匆經過一把拿起偷偷摸摸塞進口袋裡的人來說，看起來就像是真的全新氫原子。

就這樣，在他還沒有起疑心之前，我先照他的路線走一圈。所有氫原子的位置我都記在腦海裡。

太空處處都是弧形，不過有些地方的彎曲程度比其他地方更大，彷彿囊袋、連接管或壁龕，有一個向內縮的空間。每兩億五千萬年，在這些凹槽裡，輕輕叮一聲，就會冒出一顆晶瑩剔透的氫原子，像牡蠣殼裡的珍珠。我每經過一處，就拿走新生的氫原子，在原處再擺上一顆假的。Pfwfp完全沒察覺異狀，貪婪無節制地在口袋裡裝滿冒牌貨，而我則搜刮了不知道多少宇宙孕育出來的寶藏。

我們的比賽局勢頓時逆轉：我有取之不竭的新氫原子可用，Pfwfp手上那些很不耐打，他有三次想把氫原子彈出去，結果三次都彷彿在太空中被捏碎那般化為粉末。現在換成Pfwfp找各種藉口想讓比賽中止。

「欸，」我挑釁他。「你再不彈，比賽就算我贏。」

他說：「不算，原子壞了不能算，比賽要重來。」這條規則是他在那一刻才訂定的。

我一直騷擾他，在他身邊手舞足蹈，一邊趁他彎腰時按住他跳馬背，一邊唱歌：

「快彈快彈
你若不彈就認輸
你彈不彈你到底彈不彈
你再不彈就換我彈。」

「夠了。」Pfwfp說。「我們換個遊戲吧。」

「太好了。」我說。「那我們來玩讓星系飛高高！」

「星系？」Pfwfp忽然變得很高興。「我可以！可是你……你連半個星系都沒有！」

「我有！」

「我也有！」

「看誰能讓星系飛得最高！」

我把我藏起來的所有新氫原子拋向太空，剛開始這些原子貌似散落四方，隨後便聚集成一朵輕飄飄的雲，那朵雲越變越大，內部各種熾熱凝聚形成後開始旋轉、滾動，滾著滾著突然間變成一個從未見過的螺旋星座在空中盤旋，等它整個展開後便加速飛奔而去，我抓住它的尾巴一起狂奔。不過這時候不再是我帶著星系飛翔，而是星系帶著掛在它尾巴上的我飛翔，既沒有飛高也沒有飛低，只是隨著太空膨脹，在太空中的這個星系也在膨脹，掛在星系上的我對著數千光年外的Pfwfp做鬼臉。

我一出手，Pfwfp也急忙把他身上所有贓物都掏出來往上拋，他擺出胸有成竹的姿態，顯然是期待看到空中展開一個無邊無際的螺旋星系，豈料什麼都沒發生。只有一陣嘶嘶作響的輻射聲，加上混亂的閃光，隨即就再無動靜。

「太遜了吧？」我對著Pfwfp大喊。他臉色鐵青，指著我痛罵：

「該死的Qfwfq！你給我走著瞧！」

而我跟我的星系正與其他上千個星系共舞，我的星系是最新的，是整個蒼穹裡最受矚目的，由年輕的氫、非常年輕的鈹和年幼的碳組成，氣燄高張不可一世。年邁的星系滿心忌妒急著跟我們拉開距離，看到他們如此暮氣沉沉，我們也是避之唯恐不及昂首闊步離開。在這個互相排斥各自逃逸的過程中，我們穿過越來越稀薄、空蕩蕩的太空，在空無中又見到這裡那裡出現光點閃爍。有好多新的星系，都是剛剛生成的物質形成的，那些星系比我的星系更新。太空中很快再度擁擠起來，像是採收前結實纍纍的葡萄園，每個星系都想遠離其他星系，我的星系想遠離年輕的和年邁的星系，年輕的和年邁的星系也想遠離我們。我們飛向更空曠的天際，但之後這裡又漸漸塞滿其他星系，如此這般，反覆循環。

在其中一次星系繁衍中，我聽到有人說：「Qfwfq，現在該你付出代價了，叛徒！」只見一個嶄新的星系在我們的軌道上飛馳，有個人從螺旋星系一端探出頭來對我汙言穢語破口大罵，他是我當年的玩伴Pfwfp。

我們開始互相追逐。Pfwfp的星系年輕又靈活，往高處飛的時候占優勢，我的星系比較沉重，往低處飛的時候占便宜。

大家都知道賽跑要獲勝有訣竅，關鍵在於彎道。Pfwfp的星系偏好縮小內傾斜角，我的星系則傾向放大斜角。跑著跑著，我的星系就衝出太空邊緣，Pfwfp的星系緊跟在後。我們繼續跑，在這種情況下一邊往前跑一邊創造新的太空空間。

所以，在我的前方空無一物，在我的後方是緊追不捨的Pfwfp那個醜八怪的臉，不管往哪裡看，都不怎麼賞心悅目。但我還是比較喜歡向前看，結果我看到什麼呢？Pfwfp。我才轉過頭不再看他，他就跟他的星系衝到我前面。「哈！」我大喊。「現在輪到我追你了！」

「什麼？」我也搞不清楚究竟是在我前面還是在我後面的Pfwfp說。「明明是我追你！」

我往後看，Pfwfp緊跟在我後面。我轉回頭看，Pfwfp正背對著我往前逃竄。但我仔細一看，發現在我前方的他的星系前面還有另一個星系，而那個星系是我的星系，因為我在那上面，雖然我看到的是背影但絕不可能認錯。我回頭看向緊追著我不放的Pfwfp，眼角餘光瞥見在他的星系後面有另一個星系，又是我的星系，因為坐在上面的我正轉頭往後看。

所以在每一個Qfwfq後面都有一個Pfwfp，在每一個Pfwfp後面也有一個Qfwfq，每一個追著Qfwfq跑的Pfwfp都被另一個Qfwfq緊追不捨，每一個追著Pfwfp跑的Qfwfq背後也少不了另一個Pfwfp。我們之間的距離時近時遠，不過顯然我永遠追不到他，他也永遠追不到我。這個追逐遊戲我們其實已經玩膩了，畢竟我們不再是小孩，只不過我們無事可做。

水棲舅公

石炭紀時代第一批離開水生環境到陸地上生活的脊椎動物，源自於有骨、有肺的魚類，牠們的鰭可以轉到身體下面，在陸地上當成爪使用。

「顯然當時海洋時代結束了，」年邁的Qfwfq回憶道。「決定跨出那一大步的越來越多，每個家庭都有成員在乾燥的陸地生活，大家紛紛描述陸地上意想不到的種種，說服家人也上岸。誰都拉不住年輕的魚，他們用鰭拍打泥濘岸邊想試試看能不能當成爪子用，因為有些天賦異稟的魚就可以。那個時代最能凸顯我們之間的差異，有的家庭已經好幾代都在陸地上生活，年輕一輩的還會炫耀自己不再是兩棲動物，已經快要變成爬蟲動物；但是也有想要繼續當魚的，甚至行為舉止變得比以前更像魚。」

我得說，我們家族，從我爺爺奶奶那一輩開始，就全家啪噠啪噠爬上岸，彷彿那是我們一生的志業。要不是舅公N'ba N'ga固執己見，我們可能早就斷了跟水生世界的聯繫了。

沒錯，我們家族裡有一個舅公是魚，他是我奶奶娘家的親戚，出生於泥盆紀的腔棘魚（屬於淡水魚，奶奶還有其他表兄弟沒有上岸，但我不想對親戚關係有太多著墨，反正誰也搞不清楚）。總而言之，這位舅公住在一處混濁淺水區的裸子植物根鬚間，我們家族所有祖先都是在那個潟湖一帶出生的。舅公從來不離開那裡，不管一年之中什麼季節，只要我們往下找到最柔軟的植被層，不用深入濕地，在植被下方，距離邊緣不遠處，就能看到他吐出一連串小氣泡，像上了年紀的人打呼，或是看到他用尖尖的嘴扒出一朵朵泥雲。翻土其實是習慣動作，倒不是為了找東西。

「舅公N'ba N'ga，我們來看你了！你有沒有想我們？」我們一邊喊，一邊在水中晃動我們的爪和尾巴好吸引他注意。「我們帶了陸地上才有的新昆蟲！舅公N'ba N'ga！你一定沒見過這麼大隻的蟑螂！你嚐嚐看喜不喜歡……」

「把你們身上那些噁心的疣弄乾淨，還有那些臭轟轟的蟑螂！」舅公都這樣回應我們，有時候還更凶。他每次見到我們都是這個態度，但我們不以為意，因為我們知道他等一下就會冷靜，收下禮物，用比較和善的語氣跟我們說話。

「什麼疣啊，舅公N'ba N'ga？你什麼時候看到過我們身上長疣？」疣這件事，是老一輩魚群的偏見，認為我們住到陸地上，就會全身長滿滲液的疣。也不能說他們錯，不過只有癩蝦蟆會這樣，跟我們沒有關係。事實上我們的皮膚跟剝了殼似的光滑，沒有魚像我們那樣。舅公也很清楚，他只是不肯放棄他那套先入為主的輕蔑言論，因為他就是這樣長大的。

我們全家每年去探望舅公一次，趁這個機會，散居在大陸不同地方的我們得以齊聚一堂，交換訊息和美味的昆蟲，聊聊還沒有得到共識的一些老話題。

關於在距離舅公不知道多少公里外的陸地上該如何劃分區域捕獵蜻蜓這個話題，他也參與討論，並且根據他所屬的水棲動物標準，一下說這個有理一下說那個才對。「你們難道不知道在水底捕獵永遠比在水面上捕獵容易？你們到底有什麼好焦慮的？」

「舅公，現在問題不在水底或水面，我在山腳下，他在半山腰……山，你知道吧，舅公……」

他說：「最好吃的蝦都在礁石下。」我們沒辦法讓他接受在他的世界之外還存在另一個世界。

不過他的意見對我們家族來說還是很具權威性，我們會請他對他完全不懂的事給予建議，即使知道他很可能大錯特錯。或許他之所以權威，正是因為他來自過去，會用一些過去的說法，例如：「魚鰭壓低一點，乖！」我們其實不大懂那句話是什麼意思。

我們多次慫恿，而且持續不斷努力，想帶他到陸地上生活。在這件事情上，家族裡不同分支之間一直處於競爭關係，要是有人能成功把舅公帶回家，就會成為所有親戚中地位最高的一支。但這個競爭白費力氣，因為舅公根本不想離開潟湖。

「舅公，你年事已高，我們不想讓你獨自待在這麼潮濕的地方……所以我們有一個想法……」大家不肯死心。

「你們總算想通了，」年邁的魚舅公打斷我們的話。「在陸地上玩膩了吧，現在該回來過正常生活了。這片水域大家都住得下，說到美食，這個季節的蚯蚓最好吃了。你們現在好好去玩水吧，這件事不用再討論了。」

「不是，舅公，你誤會了。我們想讓你跟我們一起住在美麗的草地上……你來了就知道那裡有多好，我們幫你挖一個新鮮的水坑，一樣可以游來游去，也可以試著在附近走走，你一定沒問題。而且陸地上的氣候更適合你養老，總而言之，舅公N'ba N'ga，你就答應我們，跟我們走吧？」

「不要！」舅公斷然拒絕，在水中轉身俯衝，消失在我們視線中。

「舅公，你到底為什麼不答應，我們真的不懂，你見多識廣，怎麼能先入為主……」

水面激起一陣水花，舅公再次甩尾往水底游之前，最後說了一句：「鱗片裡有跳蚤的才會用魚腹蹭著泥巴游水！」這應該是他那個年代的諺語（意思應該接近我們這個年代簡短許多的那句諺語：「會癢才搔癢」），他都用「泥巴」指稱我們所說的「陸地」。

那個時候我正在談戀愛。我跟LII整天形影不離，互相追來追去，她是我見過身手最敏捷的女孩，那個時候的蕨類跟樹差不多高，她能一下就跳到頂端，把整株蕨類壓彎垂到地面，再跳下來繼續奔跑。我動作比較慢又笨拙，只能跟在她後面跑。我們進入內陸，那片乾涸堅硬的土地還沒有被留下過任何足跡。有時候我會停下腳步，因覺得距離潟湖太過遙遠而感到害怕。其實距離水生生活最遙遠的是LII，飛沙走石的荒漠、草原、茂密森林、岩雕和石英山，那才是她的世界，彷彿是專門為了讓她用橢圓形眼睛巡視和迅捷步伐奔馳而生的世界。看著她光滑細緻的肌膚，彷彿鱗片從未存在過。

LII的親戚讓我有些敬而遠之。他們是遠古時代就在陸地上定居，最後深信自己原本就是陸棲動物的那種家族之一，是連產卵都產在陸地上，而且卵有硬殼保護的那種家族。看Lll老是蹦蹦跳跳，和她的行進速度，就能明白她是在沙和太陽的高溫下從蛋中孵化出來的，而且跳過了我們這種尚未完全演化的家族必經的蝌蚪水生階段。

到了該介紹她認識我家人的時候，家族中最年長、最權威的代表自然是舅公N'ba N'ga，我免不了要帶我的未婚妻一起去拜訪他。可是我因為覺得尷尬，屢屢推遲拜訪時機，我很清楚Lll成長環境中慣有的偏見，不敢告訴她我的舅公是一條魚。

有一天我們來到環繞潟湖的岬角濕地，那裡腐爛糾結的植物根鬚遠比沙多。Lll照舊提議比賽看誰比較厲害：「Qfwfq，你平衡感好不好？我們來比比看跑步最貼近岸邊的是誰！」話一說完，她就以平常在陸地上蹦跳的姿勢衝出去，但是腳步略顯遲疑。

這一回我不但有信心可以跟她一較高下，而且可以贏過她，因為在濕地上我的腳抓地力更好。「要多近都可以！」我高喊。「在水裡跑也沒問題！」

「胡說八道！」她說。「在水裡怎麼跑？」

這應該是跟她提起我舅公的最佳時機。「怎麼不能？」我對她說。「既然可以在岸邊跑，當然也可以在水裡跑。」

「你怎麼說話沒頭沒尾的！」

「我說的是我舅公N'ba N'ga，他住在水裡，就跟我們住在陸地上一樣，他從來沒有離開過水！」

「哇！我真想認識你舅公！」

她話才剛說完，潟湖混濁的水面就咕嚕嚕冒出一串氣泡，形成一個小漩渦，長滿鋒利鱗片的魚頭浮出來。

「我來了，找我什麼事？」舅公用他彷彿石頭般沒有生氣的魚眼盯著Lil看，肥大脖子兩側的魚鰓一開一闔。我第一次覺得舅公跟我們長得如此不同，真的很像妖怪。

「舅公，請允許我……我很高興能向你介紹我的……未婚妻Lil。」我指著Lil，她不知道為什麼改用後腳站立，這是她最做作的姿勢之一，顯然鄉巴佬舅公不怎麼喜歡。

「放輕鬆，這位小姐，你是專門來弄濕尾巴的嗎？」舅公這句話在他那個年代可能帶有獻殷勤的意思，但是我們聽起來感覺有點下流。

我看著Lil，以為會看到她花容失色尖叫轉身逃跑，我沒想到她教養這麼好，可以無視周圍一切粗鄙言行。「請問，那邊那些植物，」她神色自若地指著長在潟湖中央數叢偌大的燈心草說。「它們的根往哪裡長？」

問這種問題就是沒話找話講，LII怎麼可能對燈心草感興趣。沒想到舅公竟然興致勃勃開始解釋那些漂浮植物的根如何如何，以及他如何在根鬚之中游水，而且那下面還是最適合捕獵的地方。

舅公滔滔不絕，我不耐煩，試圖打斷他。豈料向來眼高於頂的LII不但沒有找藉口脫身，反而開口說：「真的？你在根鬚間捕獵？真有趣！」

我覺得很丟臉，恨不得一頭鑽進水裡去。

舅公說：「可不是我吹噓，水底的蚯蚓可以讓我們飽餐一頓！」他二話不說，以前所未見的矯健身手撲通一聲跳進水裡去。而且他是先往上跳，盡可能延長跳出水面的時間，身上的鱗片五彩斑斕，帶刺的扇狀魚鰭張開，在空中畫了一個漂亮的半圓後，頭朝下俯衝入水，新月形的尾巴一扭隨即消失不見。

看到這一幕，我原本打算趁舅公離開時趕快安撫LII一下：「我們要體諒他啦，你知道，他認定自己是條魚活了這麼多年，後來就變得越來越像魚了……」結果我說不出口。其實我也不是真的很明白我奶奶娘家這位兄長是一條魚這件事。我低聲說：「LII，很晚了，我們走吧……」就在這時候舅公重新浮上來，堪比鯊魚的龐然大口中啣著一坨蚯蚓和泥濘水草。

我們互相道別的時候，我都還覺得很不真實。我不發一語小快步跟在LII身後，心想她應該要開始發表意見了，也就是說我倒楣的還在後頭。然而LII腳步不停，微微側過頭對我說：「你舅公滿討人喜歡的！」她只說了這麼一句。我不止一次聽她冷嘲熱諷感到不知所措，但這句話讓我渾身冰冷，寧願跟她從此不再見，也不想再碰觸這個話題。

但我們繼續見面，繼續在一起，對潟湖那次偶遇絕口不提。我心中忐忑不安，努力說服我自己她已經忘記那件事了。偶爾我忍不住懷疑她不說是為了有一天可以在她父母親面前以更離譜的方式讓我出醜，或者（這是我更悲觀的假設）她只是出於同情所以避而不談。直到某一個晴朗的早晨，LII脫口說出：「欸，你為什麼不再帶我去找你舅公？」

我聲如游絲，問她：「……你在開玩笑吧？」

不是開玩笑，她是認真的，她很期待再回去跟舅公N'ba N'ga閒聊。我不明白怎麼回事。

那次回去潟湖停留時間更久。我們三個躺在岸邊斜坡上，舅公在水中，我們則是半身泡在水裡，遠遠看，我們好像靠得很近，分不清誰是水棲誰是陸棲。

舅公又開始他那套老生常談，水中呼吸優於陸上呼吸，以及後者的種種壞處。我心想，「現在LII會跳起來跟他展開辯論！」不過那天LII採用另一種策略，她很認真跟舅公討論，捍衛我們的觀點，但也十分嚴肅看待舅公的觀點。

舅公認為陸地上升是暫時現象，既然會上升也會消失，總之陸地一直在持續變化，包括火山、冰河、地震、褶皺、氣候和植被變化。在這個過程中，我們的生活也不得不面對不斷的變化，很可能整個種族會消失，或只有願意順應變化的才能存活下來，原本活得好好的地區有可能被徹底摧毀和遺忘。

這個觀點與生長在岸上的我們所抱持的樂觀主義相違背，我忿忿不平提出抗議。對我而言，LII正是舅公那個觀點最真實、活生生的反證：陸地形塑了她的外表，完美無瑕，無懈可擊，是所有開放的無限新可能的總和。舅公怎麼能隨便否定LII所體現的事實呢？我慷慨激昂跟舅公辯論，同時覺得LII對持相反意見的舅公太有耐心，也太過包容。

當然，就連聽慣舅公抱怨發牢騷的我也覺得他這番論述說得頭頭是道很新鮮，老派、誇大的表達方式增添不少趣味，很有個人特色的腔調也頗富喜感。聽他對陌生的陸地做出種種鉅細靡遺的舉證，不免感到詫異。

而Lll藉由發問，盡可能讓舅公多描述水中生活，談這個話題他自然是樂此不疲，而且時不時會激動一下。相對於陸地和大氣的不穩定，潟湖和海洋代表安定的未來，就算有變化也很有限，空間和資源無限，溫度始終維持穩定，總之水中生活會保持一直以來的完整和完美狀態，不會發生型態改變或產生不確定因素，因此所有水中生物都可以更深入地研究自身，認識自身和萬物的本質。舅公談到水生世界的未來時不美化，不做幻想，對於可能日益惡化的問題也直言不諱（最令人擔心的是鹽度上升問題），但是這些問題無損於他相信的價值和相關衍生部分。

「可是我們現在已經習慣在山谷和高山間跑來跑去了啊！」我為我自己，更要為Lll說話，她很反常始終不開口。

「那有什麼難的，小蝌蚪，你回水裡不過就是回家嘛！」舅公又改用跟我們家族說話的語氣訓斥我。

「舅公，你覺得我們現在才開始學習在水中呼吸會不會太晚？」LII神情嚴肅地問他，我不知道應該為她開口叫我家的長輩為舅公而感到高興，還是為她問了（至少我向來認為）根本沒必要問的問題而感到苦惱。

「小可愛，你如果想學，」魚舅公回答道。「我現在就可以教你！」

LII發出奇怪的笑聲，最後她狂奔離開，速度快到我追不上。

我找遍平原和丘陵，爬到可以眺望被水環繞的荒漠和樹林風景的玄武岩山頂，才找到LII。她聽完舅公一番話之後跑走躲在這裡，肯定是想告訴我：「我明白了！」我們要堅定不移地待在我們的世界裡，就跟那條老魚堅持待在他的世界裡一樣。

「我會永遠在這裡，就像舅公永遠在那裡。」我對她大喊，感覺沒把意思說清楚，所以我又補了一句：「我們兩個，永遠，在一起！」因為我少了她就沒有安全感。

LII回答我什麼呢？即便歷經過那麼多地質年代，今天我想起來還是會臉紅。她說：「那有什麼難的，小蝌蚪，但那樣不夠！」我不知道她是故意模仿舅公講話好調侃我們兩個，還是真心想以那個老糊塗對晚輩說話的姿態回應我，不管哪一個都讓我感到氣餒，意味著她覺得我卡在半路上，既不屬於她的世界也不屬於另一個世界。

我失去她了嗎？我沒把握，我得趕緊讓她回心轉意。我努力完成好多壯舉：捉飛蟲、跳高、挖掘地下巢穴、跟我們同類之中最強悍的搏鬥。我為自己感到驕傲，只可惜我每次進行這些大事業的時候，LII都不在現場，她常常消失，不知道跑去哪裡躲起來。

後來我終於知道，她去潟湖找我舅公，讓他教她游泳。我看著他們一起在水面上同速疾行，看起來像兄妹。

「你知道嗎？」她看到我很開心。「腳爪用起來不輸魚鰭！」

「厲害，你還真是進步神速。」我忍不住挖苦她。

我知道那對她來說只是遊戲，但是這個遊戲我不喜歡。我得把她拉回現實中，還有美好未來在等著我們。

有一天我在臨水岸的一座蕨類森林中等她。

「LII，我有話跟你說。」我一見到她就說。「你現在玩得很開心，但我們眼前有更重要的事要做。我在群山中發現了一個通道，另一頭是遼闊的礫石平原，不久前才從水中升起。我們第一個進駐，之後我們和我們的後代可以在這片一望無際的土地上繁衍。」

「大海也一望無際。」她說。

「不要再複誦那個老糊塗的胡說八道了。你知道世界是屬於有腿的，不屬於魚類。」

「我知道他是與眾不同的那個。」Lll說。

「那我呢？」

「有腿的裡面沒有誰可以跟他相提並論。」

「那你的家人呢？」

「我跟他們吵架了，他們什麼都不懂。」

「你瘋了！誰會走回頭路！」

「我就會。」

「你想做什麼，孤零零去跟那個老頭子作伴？」

「我要嫁給他。變回魚陪他，為這個世界生出更多魚。再見。」

Lll最後一次攀爬，爬到一株高大的蕨類頂端，把整株植物壓彎垂向潟湖，然後她縱身一跳。她再浮出水面的時候並不孤單，在她的尾巴旁若隱若現的是舅公N'ba N'ga

強壯有力的新月尾巴，他們一起破浪前進。

這對我來說是十分沉重的打擊，但我又能如何？我繼續向前，在這個持續變化的世界裡，我也不斷在變化。偶爾，我會在各式各樣的生物中遇到某個比我更「與眾不同」的，有的能預見未來，有為剛孵化的小獸哺乳的鴨嘴獸，有在低矮植物中顯得格外纖長的長頸鹿，有的見證了無法回溯的過去，有在新生代開始後依然存活的恐龍，或者應該稱之為鱷魚，這個來自過去的生物找到了維持數百年不變的方法。我知道，他們全都擁有某樣特質，所以比我更優秀、更高等，讓我與之相比顯得平庸。但我不會為此跟他們交換。

賭多少

用模控學邏輯看宇宙史，可以證明星系、太陽系、地球和細胞生命的出現皆為必然。根據模控學，宇宙是經過一系列正、負「回饋」形成的，最初是重力使得原始雲內大量的氫塌縮，之後核力和離心力加入，與重力形成抗衡。從該進程啟動的那一刻起，便不得不遵循這個連鎖「回饋」邏輯。

「是這樣沒錯，但剛開始大家都不知道，」Qfwfq解釋道。「這麼說吧，誰都可以做這種預測，不過，多少有點憑直覺，算是大膽假設。像我，可不是我吹牛，我早就賭宇宙會誕生，我不但猜中這一點，還跟(k)yK主任打賭宇宙會變成怎樣，贏了他不少賭注。」

我們打賭的時候，除了一些轉來轉去的粒子、隨機散落各處的電子和各自上上下下的質子外，沒有任何東西可以作為我們推估的憑據。我不知道自己感覺到了什麼，可能天氣起了變化（的確變得有點冷），我說：「我們來賭今天會不會產生原子？」

(k)yK主任說：「拜託，什麼原子！我賭不會，賭注隨便你。」

我說：「ix當賭注也可以？」

主任說：「ix的n次方！」

他話還沒說完，周圍的電子已經開始繞著它的質子旋轉。一個巨大的氫氣雲正在太空中進行凝聚作用。「你看到沒有？都是原子！」

「那些就是原子啊，還不賴！」(k)yK的壞習慣是不肯認輸，喜歡東扯西扯。

我跟主任常常打賭，既是因為實在無事可做，也是因為唯有跟他打賭才能證明我存在，唯有跟我打賭才能證明他存在。我們都賭未來會發生或不會發生什麼事，選項多到不可數，畢竟在那個時候根本什麼都還沒發生。由於我們連如何想像有可能發生的事都不知道，只能用我們協議好的方式做指定：事件A、事件B、事件C，以此類推，好加以區別。也就是說，那時候還沒有文字或其他約定俗成的系列符號，所以我們先打賭系列符號可能是什麼樣子，再把這些可能的符號跟可能的事件配對，以用於明確指定我們一無所知的事件。

那時候也不知道什麼是賭注，因為沒有東西可以拿來做賭注，所以我們只能用說的，各自記住自己贏了什麼，之後再算總和。打賭的所有操作都很困難，因為當時沒有數字，我們也沒有數字概念，不會數數，畢竟那時候沒辦法分割任何東西。

不過情況隨著原星系內的原恆星開始凝結有所改變，我立刻意識到最後會發生什麼事，因為溫度不斷上升，我說：「要起火燃燒了。」

「胡說！」主任駁斥我。

「我們打賭？」我問他。

「隨便你。」他才說完，砰！黑暗中出現了許多白熾火球不斷膨脹。

「哼，這樣怎麼能算是起火燃燒……」(k)yK又想要顧左右而言他。

但我也有我的一套辦法可以讓他閉嘴。「不算嗎？那你覺得這是什麼？」

他說不出來。一個詞彙才剛有了意義，想像力貧瘠的他想不出第二個意義。

跟這個主任相處不用太久，就知道他是個無趣的傢伙，沒有閱歷，沒有什麼故事可以說。當然我也沒有太多故事好說，因為值得拿出來說的事還沒發生，至少我們當時是這樣覺得。唯一能做的就是假設，或應該說對假設的可能性做假設。對假設做假設這件事，我比主任更有想像力，不過這是優點也是缺點，導致我比較喜歡下注風險高的選項，所以我們輸贏的機率相當。

一般而言，我都賭事情有可能會發生，主任則幾乎都賭不可能發生。或許我可以這麼說，(k)yK是用靜態去面對現實，當時自然不像現在有靜態和動態之分，或得特別仔細才能捕捉到兩者之間的差異。

舉例來說，恆星膨脹，我說：「膨脹多少？」我都盡量把預測轉化為數字，這樣他比較沒有爭辯空間。

那個時候只有兩個數字，一個是 e，另一個是 π。他粗略算了一下，回答道：「會隨著時間膨脹 e。」

老奸巨猾的傢伙！這種預測誰不會說。但我知道事情沒有那麼簡單。「我們來打賭，賭它膨脹到某個程度會停下來。」

「好，就賭它什麼時候停下來。」

我孤注一擲，說出 π，結果說中了。主任目瞪口呆。

從那時候起，我們打賭都用 e 和 π 兩個數字。

「π！」主任對著有光點閃爍的夜空大喊。結果那一次的答案是e。

可想而知，我們打賭只是好玩，因為就收益而言並無任何利潤可圖。後來開始有元素形成，我們就用稀有元素的原子當賭注，但是我犯了一個錯誤。我看最稀有的元素是鎝，就用鎝下注，每次贏，進帳的都是鎝，結果我累積了數量可觀的鎝，沒想到這個元素很不穩定，全部發生放射性衰變，我只好從零開始。

我當然也會猜錯，但之後我會重新贏回來，好繼續做某些高風險的預測。

「鉍的同位素即將出現！」我看到有新生元素在彷彿坩堝一樣的超新星外圍劈啪作響，便衝口而出：「來下注！」

結果出現的是完完整整的釙原子。

這時候(k)yK就會開始冷嘲熱諷，彷彿他贏得這一局多厲害，其實是我喜歡冒險才讓他受惠。我越深入就越清楚運作機制，遇到新的現象出現，盲目瞎猜幾次後，我會深思熟慮縝密推算才做預測。一個星系跟另一個星系不多不少相隔數百萬光年的這個規則，我比他更早明白。如此一來打賭變得太簡單，毫無樂趣可言。

我根據掌握的數據，試著推算出其他數據，再從這些新數據推算出另一批數據，直到我能夠提出表面上看起來跟我們正在討論的事無關的可能性為止。然後我就把那些可能性拋在一邊，不表示任何意見。

舉例來說，在我們預測螺旋星系曲度的時候，我會忽然問他：「我問你，(k)yK，你認為亞述人會不會攻打美索不達米亞？」

他一臉茫然：「那……什麼？什麼時候？」

我匆匆推算後隨便跟他說了一個日期，自然不是以年或世紀為單位，因為那時候的時間單位沒辦法用那種單位評估，要想算出明確日期需要運用非常複雜的公式，光是公式本身就要寫滿整面黑板。

「要怎麼知道……？」

「(k)yK，快，到底會不會攻打？我賭會，你賭不會，怎麼樣？快點決定，不要拖拖拉拉的。」

我們當時還身處在無邊無際的虛空之中，最早出現的那幾個星座的渦流周圍，這裡那裡一條條氫氣雲彷彿為這片虛空畫上了鬍子。我承認，需要非常複雜的推演才能預見美索不達米亞平原上黑壓壓一片人馬雜沓、箭與號角齊揚，但是既然無事可做，可以好好推演。

主任遇到這種情況一律賭不會，不是因為他認為亞述人辦不到，而是他單純認為永遠不會有亞述人、美索不達米亞、地球和人類。

別誤會，這種打賭要比較久才能分勝負，不像某些打賭馬上就能知道結果。「你看那邊那個太陽外圍形成了一個橢圓沒有？快，在星體成形之前，我們來賭軌道和軌道之間的距離……」

我們才剛說完答案，不過短短八、九，我在說什麼？在六、七億年間，那些星體都已經在各自的軌道上運行不歇，軌道之間的距離不太寬也不太窄。

最讓我有成就感的，是某些打賭我們得記在心裡數十億年，不能忘記我們的賭注是什麼，同時還得記得近期內就要揭曉答案的打賭，以及我們各自獲勝的次數（開始有整數的概念，這讓事情變得有點複雜）和賭注總額（我越贏越多，主任負債累累）。除此之外我還得挖空心思想新的打賭題目，而且得超越原本的推演範圍。

「一九二六年二月八日，在維伽利縣桑迪亞鎮，ＯＫ，加里波底路十八號，你有沒有在聽？朱瑟皮娜・彭索提小姐，二十二歲，下午五點四十五分走出家門，她會向右轉還是向左轉？」

「嗯……」(k)yK無法決定。

「拜託，快點。我賭她向右。」我隔著被星體運行軌道犁過的塵埃雲看向桑迪亞鎮，天黑後薄霧籠罩街道，微弱的街燈一盞盞點亮正好照出白雪覆蓋的人行道方向，也短暫照亮了朱瑟皮娜・彭索提小姐行經海關過磅處轉入街角後消失的纖細身影。

我其實無須再以天體會發生什麼事來打賭，只要等著我的預言一一實現就可以把(k)yK的賭注都收入囊中。可是我熱愛打賭，以至於我忍不住想要預測所有可能發生的事後續會發生的無限種種可能，包括邊緣和隨機事件。我開始把最直接、最容易演算的預測跟那些操作起來極其複雜的預測合在一起。「你看那些行星開始凝聚，你說說看，哪些行星會有大氣層：水星？金星？地球？還是火星？來，快決定。還有，你順便猜一下，印度半島在英國統治時期的人口成長指數是多少。你想太久了吧？快一點。」

我掌握了一條通道，或一道縫隙，另一端是密密麻麻的各種未來事件，我隨手抓一把就可以拿去駁斥跟我唱反調的主任，他從未想過這些事件有可能存在。有次我不經意開口問他：「準決賽兵工廠對上皇家馬德里，兵工廠主場，你猜誰贏？」在那一刻我意識到看似隨意拼湊的這段話實際上涉及符號的無限新組合，死板單一、晦暗不明的現實可以藉此掩飾其單調無趣，或許也意味著奔向未來，我率先預見和預言的未來一心一意穿越時空就是為了讓自己解體，最終分解成看不見的三角形幾何形狀，或像球一樣在球場上的白線間彈跳，我試著把那些白線想像成是畫在行星系統閃閃發光的渦流底端，同時去解讀因夜間踢球加上距離遙遠球員胸前及背後難以分辨的號碼。

我已投身在這個可能的新領域，把我之前贏來的賭注全部押下去。誰能阻止我？主任一貫的猶豫和疑神疑鬼態度只會刺激我更想冒險。當我發現自己掉入陷阱時已經來不及，不過我率先發現這一點還是讓我很有成就感（但這次成就感比較低）。(k)yK似乎沒察覺換成他受幸運眷顧，我等著他嘲笑我，以前難得發生，但現在頻率越來越高……。

「Qfwfq，你知道法老王阿蒙霍特普四世沒有兒子嗎？我贏了！」

「Qfwfq，你看龐培對上凱撒還是輸了吧，我早就跟你說了！」

我還是繼續做我的推演，沒有放過任何細節。就算我從頭再來一遍，押注內容也不會有所改變。

「Qfwfq，皇帝查士丁尼一世在位期間，從中國引進到君士坦丁堡的是蠶繭，不是火藥……。還是我搞錯了？」

「你沒有搞錯，是你贏了，你贏了……。」

我曾經沉迷於預測不確定、難以捉摸的未來，我做了很多很多預測，現在我已經無法後退，也沒辦法改。再說，要我怎麼改？又要以什麼為準則去改呢？

「巴爾札克在《幻滅》最後沒有讓主人翁呂西安自殺，」主任最近一臉春風得意。「而是讓卡洛斯．埃雷拉救了他。埃雷拉這個角色在《高老頭》裡出現過，叫沃特蘭……。所以，Qfwfq，我們現在賭局勝負如何？」

我每況愈下。我之前贏來的賭金都換成了強勢貨幣，存在瑞士銀行裡，但我現在只好不斷提領大筆金額支應輸掉的賭局。我也不是每次都輸，贏過幾次，而且金額不小，但是此一時彼一時，即便我贏了也沒有把握那個結果不是因為我運氣好，下一次我的推演不會再次被否定。

我們後來覺得有必要建立一座圖書館，有圖書可以查詢，訂閱專業雜誌，還要有一臺計算機處理我們的帳目。你們知道，我們在這個行星定居後，去找了一個研究基金會，希望得到贊助以繼續我們的研究，他們便提供了上述所有資源。於是乎，原本的賭局看起來像是我們之間無傷大雅的玩笑，沒有人懷疑背後其實涉及大筆金錢往來。官方說法是我們靠著電子預報中心研究員的微薄薪水過活，(k)yK還有中心主任職位的行政津貼，他之所以能夠爭取到這個位子是因為他老擺出一副我不想做事的姿態（他越來越偏愛靜態，甚至到了假裝癱瘓坐輪椅的地步）。要釐清的是，這個主任頭銜與年紀無關，我跟他都有資格，只是我不在乎罷了。

所以我們現在的情況是這樣，(k)yK主任坐在輪椅上，腿上鋪著厚厚一疊當天早上郵局送來的全球各地報紙，他在他辦公大樓外拱廊上用整個校園都能聽見的聲音大喊：

「Qfwfq，今天土耳其和日本的原子協議沒簽，連協商都還沒展開，看到沒有？Qfwfq，西西里泰爾米尼・伊梅雷塞鎮殺老婆那傢伙被判刑三年，不是無期徒刑，看我預測得多準！」

他大動作翻閱報紙，彷彿星系正在形成時的太空，是黑白色的，而且跟那時候的太空一樣擠滿各自獨立的微粒，周圍一片虛空，沒有目的地也沒有意義。我心想那時候真美，在那片虛空中，畫出直線和拋物線，找出明確的一點，即事件發生的時空交會點，光彩奪目不容置疑的一點。如今事件從不間斷接續發生，彷彿澆鑄混凝土，一個疊在另一個上面，一個卡在另一個裡面，被文不對題的黑色標題分開，字面可讀但內在不可讀，那是一團沒有形狀也沒有方向的事件，所有邏輯推演都被包圍、淹沒和壓制。

「Qfwfq，你知道嗎，華爾街今天收盤跌了百分之二，不是百分之六！還有，卡西亞路上那棟違章建築是十二層，不是九層！瓏驤賽馬場上內亞科四世贏了兩個身長。我們現在累計輸贏多少，Qfwfq？」

恐龍

在三疊紀和侏儸紀時期，恐龍不斷演化，體型越來越大，長達一億五千萬年是地球各大陸地的絕對主宰者。後來恐龍快速滅絕的原因至今成謎。或許是因為牠們無法適應白堊紀氣候和植物的巨大變化，在白堊紀末全數死亡。

「除了我全都死了。」Qfwfq解釋道。「有一段時間，大概五千萬年左右吧，我也曾經是恐龍。我不後悔，那個時候當恐龍是理所當然的選擇，我們備受尊重。」

後來情況變了，細節多說無用，反正所有物種都遇到麻煩、挫折、失誤、背叛，還有瘟疫。地表上出現新物種，是我們的天敵，從四面八方對我們展開攻擊，我們無計可施。今天有人說窮途末路的滋味，以及毀滅受難，一直以來都是我們恐龍獨有的精神。我不知道，我從來沒有體會過那種感受，如果其他恐龍有，大概是因為他們預知死亡將至。

我不願再回憶那個大滅絕時期。我沒想過我能逃過一劫。讓我得以獲救的漫長遷徙過程中，我行經一片白骨森森的墳場，一塊脊骨、一個角、一片裝甲骨或一方覆蓋鱗片的皮膚都會讓我想起恐龍活著的時候是多麼耀眼神氣。地球新主人的喙、吻突、利爪和吸盤都忙著在這些殘骸上施展所長。當我放眼望去再不見活物和死物時，我停下腳步。

我在那荒蕪的高原上待了許多許多年，躲過了伏擊、流行病、飢荒和嚴寒，但我沒有同伴。我不想永遠留在那裡，便動身往山下走。

世界全變了，那些山岳、河川和植物我都認不出來。第一次看到活物出現，我連忙躲起來，來者是一群新物種，體型小但很強悍。

「喂，你！」我被他們發現了，讓我詫異的是他們喝斥我的口吻讓我感到很親切。我拔腿就跑，他們緊追在後。數千年來我已經習慣我所到之處總會引起恐慌，而且對他人因為我而恐慌的反應感到恐慌。豈料現在反應大不相同：「喂，你！」他們若無其事走向我，對我既無敵意，也不害怕。

「你幹嘛跑？你想到什麼？」他們要去一個我不知道的地方，只是想向我問路。我結結巴巴說我是外地來的。「你想逃命哦？」其中一個說。「一副看到……恐龍的樣子！」大家鬨然大笑。那是我第一次在笑聲中聽到一絲不安，他們其實是強顏歡笑。其中一個神情嚴肅補了一句：「不要亂開玩笑。你不知道恐龍有多可怕……。」

所以新物種依然畏懼恐龍，說不定他們已經好幾代沒見過恐龍，根本認不出恐龍的模樣。我繼續前進，小心翼翼的我其實急著想再做一次實驗。在一處泉水邊，有一個年輕的雌性新物種在喝水，她沒有同伴。我慢慢靠近，走到她身旁伸長脖子喝水，我做好準備她一看到我就會絕望驚呼，慌忙逃逸，等她對外示警，其他新物種會前來支援對我展開捕獵……。在那一刻，我已經為我的衝動感到後悔，為了自保，我現在就得撲上去把她撕成碎片，然後重新開始……。

年輕的她轉過頭來說：「水很清涼，對吧？」她態度親切跟我聊天，像對一般陌生人那樣客客氣氣，問我是不是從很遠的地方來，途中遇到雨天或是好天氣。我從沒想過可以跟非恐龍物種這樣閒聊，我很緊張，幾乎說不出話來。

「我都來這裡喝水，」她說。「這裡是恐龍……」

我猛然抬起頭，瞪大眼睛。

「對，這裡叫這個名字，恐龍泉，從古早時候就叫這個名字。據說以前有一隻恐龍躲在這裡，碩果僅存的一隻，凡是來這裡喝水的都會被他攻擊撕咬，我的媽啊！」

我真想消失。「她應該知道我是誰了，」我心想。「她只要仔細看就能認出我！」我跟所有心虛的人一樣，眼神迴避往下看，盤起尾巴彷彿想把它藏起來。我太過緊張，以至於她微笑向我道別離開的時候，我筋疲力竭，像以前為了自衛張牙舞爪打過一仗的感覺。我發現我甚至沒有跟她說再見。

我走到河岸邊，有新物種在這裡築窩，靠捕魚維生。他們用樹枝築起水壩，形成一個河灣，減緩湍急水勢，以利於捕魚。原本在工作的他們一看到我就紛紛抬起頭，停下動作，先盯著我看，再彼此互看，彷彿詢問對方意見，但默不作聲。「又來了，」我心想。「恐怕只能捨命一搏了。」我準備發動攻擊。

幸好我及時收手。那些漁民無意找我麻煩，他們看我體型壯碩，問我能不能留下來，幫他們搬運木材。

「這個地方很安全，」他們看我猶豫不決，試圖說服我。「從我們爺爺奶奶的爺爺奶奶那一輩開始，恐龍就沒再出現過……。」

沒有人懷疑我是誰。我留下來了。那裡氣候宜人，伙食雖然不合口味但是可以接受，工作也算輕鬆，畢竟我力氣夠大。他們給我取了一個綽號「醜八怪」，沒有惡意，只是因為我長得跟他們不一樣。這些新物種，我不知道你們怎麼叫他們，好像是汎獸之類的，這個物種還沒有定形，他們會再演化出所有其他物種。在那個時候個體跟個體之間有各種相似之處，也有相異之處。我明明屬於另一類物種，還是安慰自己其實並沒有那麼與眾不同。

不是說我接受這個想法後泰然自若，我依然覺得自己是一頭身處敵營的恐龍，每天晚上，當他們不厭其煩複誦代代相傳的恐龍故事時，我就繃緊神經，悄悄後退，躲在陰影裡。

那些故事很可怕。專心聽故事的聽眾臉色發白，偶爾因受到驚嚇發出尖叫聲，從聲音判斷，說故事的也同樣心驚膽戰。我很快就發現大家對那些（數量十分可觀的）故事已經倒背如流，但是每次聽照樣感到害怕。恐龍在他們眼中是妖魔鬼怪，被鉅細靡遺描述的結果是誰都認不出恐龍的模樣。恐龍只會讓新物種蒙受損失，彷彿新物種自始至終都是地球上最重要的居民，而我們恐龍無事可做，從早到晚就愛追著他們跑。對我來說，一想起恐龍，我就會在腦袋裡重新回顧經歷過的那些災難、焦慮與哀痛。新物種口中說的那些故事跟我的經驗相去甚遠，我本來應該無動於衷，當他們說的是別人的、陌生人的故事。可是聽故事的時候，我發覺我從來沒想過恐龍在別人眼中是什麼樣子，相較於眾多瞎掰胡謅，從他們觀點出發的那些故事某些部分倒是貼近事實。在我腦海中，他們因我們而感到驚恐的故事跟我經歷過的恐怖記憶互相混淆，我越了解當初我們讓他們多麼擔憂害怕，我就越擔憂害怕。

大家輪流上場說故事，有人忽然開口道：「醜八怪也說一個吧？你沒有故事可說嗎？你家裡都沒有人遇到過恐龍？」

「有，不過……」我含含糊糊回應。「時間過太久了……你們知道……」

這個關頭對我伸出援手的是之前在泉水邊遇到的蕨花。「你們別鬧他……，他是外地來的，還沒有適應環境，我們的語言他還說不好……。」

於是大家轉換話題。我鬆了一口氣。

蕨花跟我之間建立起一種默契，我們並沒有太親密，我始終不敢跟她走得太近，但我們會天南地北閒聊。她跟我說很多她生活中的事，我擔心暴露身分讓她起疑，所以我說的都是些無關緊要的事。蕨花會把她做的夢告訴我：「昨晚我夢見一頭超大的恐龍，很嚇人，鼻孔會噴火。他走向我，抓住我的脖子把我帶走，打算生吃我。那個夢好可怕好可怕，奇怪的是我並沒有被嚇到，怎麼說呢，我反而很喜歡……。」

聽她描述那個夢，我就應該明白很多事，尤其是其中這一件事：蕨花渴望被欺負。那是我擁抱她的最佳時機。問題是他們想像的恐龍跟我這頭恐龍大不相同，這讓我更覺得自己是個異類，裹足不前。總而言之，我錯失了良機。等蕨花的哥哥結束捕魚季返回平原，她被嚴加管教後，我們聊天的機會就變少了。

她哥哥贊漢第一眼看到我就露出懷疑表情。「他是誰？從哪裡來的？」他指著我問其他同伴。

「他是醜八怪，外地來的，幫我們搬木材。」他們回答道。「怎麼了？他有什麼問題嗎？」

「這就是我想問他的。」贊漢惡狠狠地斜眼瞪我。「喂，你，你是不是怪怪的？」我能怎麼回答？「我嗎？沒有啊……」

「你不覺得你很奇怪？」他笑了。那次他沒有再追問下去，但我有了不好的預感。

贊漢在村子裡說話很有分量。他曾周遊世界，表現出比其他同伴更見多識廣的樣子。每當他聽到有人又談起恐龍的話題就很不耐煩。「都是傳說，」有一次他這麼說。「你們講的都是傳說。我就等著看會不會有真的恐龍出現。」

「恐龍已經很久沒現身了……。」一個漁民回應他。

「也不算很久。」贊漢冷笑一聲。「很難說還有沒有小群恐龍在鄉間出沒……。我們在平原上設崗哨日夜輪班吧，去站崗的可以彼此信賴，但不能隨便放不認識的進來……。」他故意上下打量我。

一直這樣不是辦法，不如早點把話說開。我向前走了一步，問他：「你看我不順眼？」

「凡是我們不知道父母是誰、從哪裡來、吃我們的喝我們的，還追求我們姊妹的，我都看不順眼……。」

漁民中有人為我辯護：「醜八怪自食其力，他工作勤奮……」

「我不否認他能扛起樹幹確實很厲害，」贊漢不肯放過我。「可是如果遇到危險，我們必須武裝起來自保的時候，誰能保證他不會作亂？」

大家吵成一團。奇怪的是，從來沒有人想過我可能是一頭恐龍，我被指控的罪名始終是異類和外來者，所以不可信。爭論焦點是萬一恐龍重新出現，我的存在會增加多少風險。

「就憑他那張跟蜥蜴一樣大的闊嘴，我還真想看看他多能打……。」贊漢繼續用輕蔑的態度挑釁我。

我突然大步向前，跟他鼻子對鼻子。「你現在就能看到，前提是你別跑。」

我的反應出乎他意料之外，他環顧四周，發現其他同伴已經圍成一圈，他只能跟我對打。

我衝上前，脖子一扭閃開他的撕咬，同時出爪把他掀倒在地肚皮朝天，我順勢壓在他身上。這是錯誤動作，我明明知道，我明明看過恐龍怎麼死的，死於胸口和腹部被尖齒和利爪破開，因為他們以為這樣可以壓制敵人。幸好我懂得善用尾巴讓自己穩住，我不能被他反過來壓倒在地，我奮力掙扎，只是快要撐不住了……。

就在那個時候，我聽到圍觀群眾中有聲音大喊：「加油，恐龍！」意識到他們識破我的身分和我又變回以前的我，兩件事發生在同一瞬間：不管輸贏，索性讓他們重新體會一下古老的恐懼。於是我揮拳痛毆贊漢，一下、兩下、三下……。

大家把我們兩個拉開。「贊漢，早跟你說過，醜八怪一身肌肉，你最好不要亂開玩笑！」他們笑嘻嘻地恭喜我，伸手拍我的肩膀。以為身分被揭穿的我一頭霧水，後來才知道「恐龍」這個稱呼是他們的一種習慣說法，用來鼓勵比賽雙方，意思是「加油，你一定會贏！」而且也不知道那句話是對我或對贊漢喊的。

自那天起，大家對我多了一份尊重。就連贊漢也轉而支持我，常跟在我後面看我測試自己到底力氣能有多大。而且他們討論恐龍的方向也變了，彷彿老是用固定模式去說一件事很無聊，大家紛紛改用另一個角度看待它。現在村子裡若有人想批評某件事，會說如果換作是恐龍，應該不會讓這種事發生，恐龍變成好多事的指標，若在這種或那種情況下（例如私人生活中），做出來的事肯定能讓人無從挑剔等等。總而言之，大家似乎後知後覺地對他們並不真的了解的恐龍心生嚮往。

有一次我忍不住問他們：「別太誇張，你們以為恐龍是什麼善類喔？」

他們反駁說：「少管閒事，你又沒見過恐龍，你懂什麼？」

或許是到了該說真話的時候了。「我當然見過，」我感嘆道。「你們想聽的話，我可以告訴你們恐龍究竟是怎麼一回事！」

大家都不相信我，認為我存心捉弄他們。他們雖然換了一個方向談恐龍，在我聽來，其實跟之前一樣難受。撇開我面對我們恐龍這個物種的殘酷命運感到傷心不說，主要是因為我太了解恐龍的一生，我知道我們心胸狹隘，充滿偏見，無法與時俱進。眼睜睜看著他們以那樣一個無聊又落後的小世界為榜樣，感受到他們對我的同類懷抱崇敬心情，是我之前從未體會過的！其實這並沒有錯，這些新物種跟風光時期的恐龍並沒有太大不同。他們住在有水壩有魚塘的村子裡，生活安逸，漸漸得意忘形，自以為是……。我對他們的感覺，像當初我對我的同類一樣，越來越沒耐心，聽他們如此推崇恐龍，我對恐龍和他們就更加反感。

「你知道嗎，昨天晚上我夢到有一頭恐龍經過我家前面。」蕨花跟我說。「一頭很帥的恐龍，應該是恐龍王子或恐龍國王。我打扮得漂漂亮亮的，還在頭上綁了一條髮帶，站在窗前往外看，希望能吸引那頭恐龍的注意，我還對他行了屈膝禮，但他似乎完全沒發現我，看都不看我一眼……。」

這個夢提供了新線索，讓我得以了解蕨花對我的心情：年輕的她大概是誤把我的靦腆當作高傲。現在回想起來，我只要再繼續維持那個態度，故作冷酷傲慢，就能徹底征服她的心。然而她向我吐露這個祕密讓我深受感動，我眼眶含淚向她告白：「不，蕨花，事情不是你想的那樣，你比任何恐龍都好，好一百倍，是我覺得自己配不上你……。」

蕨花嚇一跳，她往後退一步：「你在說什麼？」我的反應不是她所預期讓她不知所措，場面有點尷尬。等我反應過來已經晚了，我雖然儘快恢復冷靜，但我們的侷促不安顯而易見。

接下來發生的事，讓我們沒有時間多想。那些站崗的上氣不接下氣趕回村裡通報：「恐龍回來了！」他們發現一群沒見過的妖怪在平原上狂奔，按照行進速度推估，明天凌晨就會抵達村裡。警鈴聲大作。

你們可以想像我聽到這個消息後內心多激動。我的同類沒有滅絕，我可以跟我的兄弟們相聚，重新回到過去的生活！可是我記憶中的過去無非是沒完沒了的挫敗、逃亡，危機四伏，回到過去恐怕不過是加劇那份煎熬，回到我以為已經結束的那個階段。而我在這裡已經擁有全新的平靜生活，我不想失去它。

新物種得知這個消息的反應大相逕庭。有人驚慌失措，有人渴望戰勝宿敵，還有人認為如果恐龍能夠存活至今，而且再度崛起，就表示沒有人能阻止他們，恐龍勝利固然可能帶來腥風血雨，但說不定對大家都好。換句話說，這些新物種既想要捍衛家園，又想要逃跑，想要殲滅敵人，又想要認輸。這種三心二意也表現在他們毫無章法的防禦準備上。

「等一下！」贊漢大聲說。「我們之中有能力指揮大家的只有一個！那就是我們之中最孔武有力的，醜八怪！」

「沒錯，得讓醜八怪指揮我們！」大家紛紛附和他。「就是他，讓醜八怪負責指揮！」全村等候我發號施令。

「拜託，你們要我這個從外地來的……我不行啦……」我連忙推辭，但是他們心意已決。

我該怎麼辦呢？那天晚上我徹夜難眠。血脈的聲音呼喚我，要我離開此處與兄弟們會合。但我捨不得接納我、留下我、信任我，視我為他們的一分子的新物種。同時我清楚知道無論是恐龍或新物種都不值得我為他們操心。如果恐龍試圖用侵略和屠殺重新確立自己的統治地位，表示他們並沒有從過去的經驗中得到教訓，之所以能夠存活下來純屬偶然。新物種很清楚把指揮權交給我是最輕鬆的做法，讓一個外人擔負起所有責任，這個外人很可能是他們的救星，但是萬一失敗，他就是代罪羔羊，可以把他交給敵人平息對方怒火，把這個背叛者送到敵人手中就能實現他們說不出口的被恐龍統治的夢想。總而言之，我兩者都不想理會，讓他們互相殘殺吧！我才不要蹚這個渾水。我得盡快溜走，讓他們自生自滅，我不想再跟這些陳年往事有任何糾葛。

當天晚上，我趁著夜色偷偷摸摸離開。我的第一個念頭是盡可能遠離戰場，回到我的祕密避難處。只不過我好奇心太強，想要看看我的同類，好評估最後的贏家是誰。我躲在山上可以俯瞰河灣的幾塊岩石後面，等待天明。

天光漸亮，地平線上出現幾個身影，高速前進。我不用看仔細就知道不是恐龍，恐龍的跑步姿勢不會這麼不優雅。等我看清來者是誰後，不知道該笑或覺得丟臉。那是一群犀牛，最古老的那種犀牛，體型龐大，粗魯又笨拙，他們雖然有角，其實個性溫馴無害，專門吃草。誰會把他們誤認為是地球古代之王恐龍啊！

這群犀牛疾馳的聲音宛如雷鳴，他們中途停下來舔拭某些矮樹叢，隨後又朝著地平線方向奔去，完全沒發現新物種設下的各種陷阱。

我跑回村裡。「你們不用怕！那些不是恐龍！」我高聲宣布。「是犀牛！那些是犀牛，而且已經離開了！沒有危險了！」為了解釋我為何半夜離開，我補了一句：「我特別跑去勘查，好一窺究竟再跟你們回報。」

「我們或許搞不清楚那些是不是恐龍，」贊漢冷靜回答道。「但我們已經確認你不是英雄。」說完轉身離去。

他們感到很失望，不僅對恐龍的事感到失望，也對我感到失望。現在他們把恐龍故事當成笑話，原本可怕的妖魔鬼怪變成滑稽可笑的丑角。我不再受他們這種狹隘心態影響，轉而認可我們恐龍寧願選擇消失，也不願再居住在不適合我們的這個世界的偉大胸襟。而我之所以活下來，只是為了讓身處在這些以無聊嘲弄掩飾內心恐懼的小人之中的恐龍繼續體會身為恐龍的滋味。這些新物種除了冷嘲熱諷和擔心害怕之外，還有其他選擇嗎？

蕨花跟我分享夢境的態度跟之前截然不同：「有一頭恐龍，很滑稽，全身綠油油的，大家都捉弄他，拉他的尾巴。我站出來保護他，把他帶走，安撫他。然後我發現那個可笑的傢伙其實是所有生物中最可憐的，他泛紅的黃色眼睛淚流成河。」

我聽到這些話是什麼感受？對她把我投射到夢中那些畫面感到厭惡，拒絕她貌似把情感轉換成憐憫，難以忍受他們集體踐踏恐龍尊嚴？我突然壓制不住傲氣，繃緊全身，對蕨花說了幾句話挖苦她：「你幹嘛老拿這些幼稚的夢來煩我！一天到晚夢到這些沒有意義的東西！」

蕨花哭了出來，我聳聳肩膀離開。

當時我們在水壩上，那裡不只我們兩個，其他漁民雖然沒聽見我們的對話，但是看到我突然發脾氣，然後蕨花淚眼汪汪。

贊漢自然不能置身事外。「你以為你是誰，」他聲色俱厲。「敢對我妹妹無禮？」

我停下腳步，但是沒有回應他。他如果想打架，我隨時奉陪。只不過近來村裡的行事作風變了，他們不管看什麼都像在看笑話。那群漁民中冒出一個假音高聲喊：「恐龍，別鬧！」我知道那是村裡最近流行的玩笑話，意思是「不要盛氣凌人，不要太誇張」之類的。但我頓時血氣上湧。

「沒錯，我就是恐龍，你們如果想知道恐龍長什麼樣子，」我大喊。「就是我這樣！你們如果之前沒見過恐龍，來，好好看看我！」

他們發出一陣哄笑。

「我昨天才看到一頭恐龍，」一名老者說。「他是從雪堆中冒出來的。」他周圍立刻安靜下來。

那名老者結束山中之旅返家途中，看見一片古老冰河消融，露出裡面的恐龍骸骨。這件事在村裡傳開。「我們去看恐龍！」大家都往山上跑，我也跟去了。

越過礫石、連根拔起的樹幹、爛泥巴和鳥禽骸骨沉積而成的冰磧平原後，一片谷地在我們眼前展開。擺脫冰封的岩石因為地衣覆蓋變成綠色。一具巨大的恐龍骸骨躺在谷地中央，彷彿正在沉睡，他長長的脖子按照脊椎骨間距排列，散落的尾骨像蛇一般蜿蜒，胸腔的弧線猶如風帆，當風吹過扁平的肋骨，彷彿有一顆隱形的心臟依然在裡面跳動。頭骨被掀開，敞開的嘴似乎發出最後的吶喊。

新物種雀躍歡呼跑向前，跑到頭骨前面的時候，覺得自己被空洞的眼窩盯著看，停在幾步之外，不敢出聲，之後轉個方向繼續他們愚蠢的狂歡。只要他們之中任何一個將目光從那具骸骨移到站在那裡紋風不動凝視著它的我身上，就會發現我們長得一模一樣。但是沒有人這麼做。那些骨頭、那些獠牙、那些致命的四肢訴說的語言已經無人能懂，也不再對誰傾吐什麼，只留下跟當下經驗沒有任何關連的那個意義不明的名字。

我站在那裡看著那具骸骨，它是父親，是兄弟，跟我一樣，所以也是我。我認出那是被剝皮刮骨的我，銘刻在岩石上的也是我的輪廓，是曾經的我們和物換星移後的我們，我們的尊嚴，我們的罪孽，我們的毀滅。

這副遺骸會被新的地球占領者拿來當作一個景點，會跟「恐龍」這個名字的命運一樣，變得黯淡無光不具任何意義。我不能讓這件事發生。所有與恐龍真實本性有關的一切都應該保持神祕。那天夜裡，趁著新物種在插上旗子的恐龍骸骨旁睡覺的時候，我將**死去的我**的骨頭一塊一塊帶走掩埋。

第二天早晨他們發現骸骨消失無蹤，並沒有因此憂心太久，而是把這個新的謎團加入跟恐龍有關的諸多謎團中，很快就忘在腦後。

這具出土骸骨唯一留下的痕跡，是讓新物種一致認為恐龍注定晚景淒涼，所以他們說起恐龍故事都帶著同情語氣，為我們受過的苦感到遺憾。我對他們的憐憫之心不知如何是好。憐憫什麼？要說有哪一個物種的演化既完整又多元，而且曾經所向披靡長時間統治地球，那就是我們恐龍。我們的滅絕是華麗收場，配得上我們的輝煌過往。這些笨蛋懂什麼？每次聽他們多愁善感說恐龍可憐，我就想捉弄他們，編幾個無中生有、似是而非的故事出來。反正恐龍的真相沒有人能理解，我會自己守護那個祕密。

有一群流民在村子裡短暫停留幾天，他們之中有一個年輕雌性，我看到她的時候嚇一跳。如果我沒有看錯，她應該不是純新物種，而是恐龍混血兒。她自己知不知道？看她泰然自若的樣子，顯然不知道。應該不是上一代，而是祖父母或曾祖父母那一輩，甚或高祖父母那一輩是恐龍，恐龍後裔的特徵和舉止在她身上可以說展現無遺，只是大家都認不出來，包括她自己在內。她可愛又開朗，很快就出現一群追求者，其中最積極、最熱情的是贊漢。

夏天來了，年輕一輩紛紛到河邊戲水。「下來跟我們一起游啊！」贊漢和我多次爭吵後試著跟我做朋友，他對我發出邀請後就轉頭游回到混血兒身旁。

我走向蕨花，我想是該跟她把話說清楚，取得彼此諒解的時候了。「你昨晚做了什麼夢？」我主動開口問她。

她低著頭說：「我夢見一頭受傷的恐龍，瀕死抽搐。他高傲英俊的頭垂在胸口，很痛苦，很痛苦……。我看著他，我的目光無法從他身上移開，我發現我看著他受苦，體會到一種微妙快感……。」

蕨花的嘴唇抿出惡意的線條，我從未看過她這一面。我原本只想讓她知道，她那個曖昧陰鬱的感情遊戲我不想玩，我喜歡享受生活，我可是幸福家族的傳人。我繞著她轉圈跳舞，用尾巴將河水甩到她身上。

「你只會講些喪氣話！」我態度輕佻地對她說。「別管夢了，來跳舞吧！」

她沒聽懂，做了一個鬼臉。

「你要是不來跟我跳舞，我就要找別人跳了！」我說完就拉起混血兒的一隻爪子，把她從贊漢眼前帶走。他剛開始看著她走遠還沒反應過來，一心沉醉在自己愛的凝望中，之後才因嫉妒跳起來。來不及了，我跟混血兒已經跳進河裡游向對岸，隨後躲在矮樹叢裡。

或許我只是想向蕨花證明我究竟是誰，糾正她對我的錯誤看法。或許我是因為對贊漢懷恨在心，故意高調拒絕他再一次對我示好。也或許是因為這個混血兒給我的感覺既熟悉又陌生，讓我想跟她建立起自然、直接的關係，沒有祕密，也沒有回憶。

那群流民第二天早晨就要動身出發，混血兒同意在矮樹叢中過夜，我跟她廝混到天明。

這些不過是平淡又無趣的生活中一段短暫的插曲，我把關於我和恐龍王國那個年代的真相都埋葬在沉默中。村裡幾乎不再談論恐龍，或許不再有人認為他們真的存在過。就連蕨花也不再夢見恐龍。

直到她有一天告訴我：「我夢到在一個山洞裡，有一個最後僅存的物種，沒有人記得他的名字，我走向前去問他，山洞裡很黑，但我知道他在那裡，我看不見他，但我知道他是誰，長什麼樣子，只是我說不出來，我不知道是他在回答我的問題，還是我在回答他的問題……。」我認為那代表著我們之間終於有了愛的火花，是我第一次停在泉水邊她身旁時就渴望的結果，只是當時我還不知道能不能活下來。

在那之後我學會很多東西，特別是恐龍要怎麼做才會贏。原本我以為消失對我的同類而言意味著敞開心胸接受挫敗，現在我知道恐龍越是不見蹤影，他們統治的範圍就越大，包括一望無際、覆蓋大地的森林，也包括活著的人複雜的內心世界。在那些驚慌害怕又充滿疑慮的無知世代心中，恐龍依然伸長他們的脖子、高舉他們鋒利的爪子。即便恐龍最後的身影被抹去，他們的名字也會繼續跟各種意義結合，永存於所有生物關係中。如今則是把恐龍這個名字也抹去，期待他們變成可以套用無聲無名思維模組的單一物品，並且讓新物種、後新物種以及所有之後出現的新新物種的思維都透過此一模組建構其形式與本質。

我環顧四周，當初視我為陌生客的村莊，現在已成為我的村莊，從恐龍的角度來說，蕨花也已屬於我。於是我默不作聲點點頭向蕨花告別，離開村莊，永遠不再回頭。

看著沿途的樹木、河流和山丘，我無法分辨哪些在恐龍年代就存在，哪些屬於後來的年代。在幾間小屋旁有流民紮營，我遠遠看見那個混血兒，還是那麼可愛，比起以前略顯豐腴。為了不讓她發現，我躲進樹林裡偷偷窺探，發現有一個剛會跑的小孩，甩著尾巴跟在她身邊。我有多久沒看過如此完美的小恐龍，完全符合恐龍的標準，卻又對恐龍這個名字代表的意義一無所知？

我在林中一處空地等待，看他玩耍，追著蝴蝶跑，拿松果敲打石頭後取出裡面的松子。我走向他。他肯定是我兒子。

他好奇地看著我。「你是誰？」他問我。

「我誰都不是。」我回答道。「那你呢？你知道你是誰嗎？」

「哈哈，大家都知道啊，我是新物種！」他說。

我心裡有準備會聽到這個答案。我摸摸他的頭說：「乖。」轉身離開。

我走過山谷和平原，來到一個火車站，搭上火車，隱沒在人群中。

空間的形狀

告訴我們空間曲率與物質分布有關的重力場方程式已經算是一種常識。

在空無中墜落，像我那樣墜落，你們肯定不知道是怎麼回事。對你們而言，墜落可能是從摩天大樓第二十層或故障的飛機從高空中掉下來，頭下腳上，在半空中掙扎一會兒，地面已經近在眼前，緊接著就是大力撞擊。但我說的是墜落是下方沒有地面也沒有任何固體，就連遙遠的天體也無法將你吸到它的運行軌道上的那種。我的墜落，沒有盡頭，沒有限期。我在空無中朝想像中的下方極限墜落，等到了那裡卻發現極限還要往下再往下，非常遙遠，我得持續墜落才有可能抵達。因為沒有參照點，我搞不清楚我的墜落是快或慢。仔細想想，根本沒有任何證據可以證明我真的在墜落，說不定我其實是在同一個位置沒動，或我其實是在往上飛升。既然沒有上或下之分，飛升或墜落只是字面上的差別，照正常邏輯繼續認為我是在墜落也無妨。

假設是在墜落好了，我們大家都以相同速度和加速度在墜落，所以我、烏蘇拉H'x和菲尼莫雷中尉始終保持在差不多同一個高度。我目不轉睛盯著烏蘇拉H'x看，她實在太美，墜落時態度從容不迫，愜意輕鬆，我多希望偶爾能跟她目光交錯，但是烏蘇拉H'x墜落的時候不是專心修剪拋光她的指甲，就是忙著用梳子打理她又直又長的頭髮，從沒看過我一眼。也沒看過菲尼莫雷中尉一眼，即便他為了吸引她的注意力使出渾身解數。

有一次菲尼莫雷中尉對烏蘇拉H'x比手畫腳（他以為我沒看到），他先伸出兩根食指指尖相觸，再用單手做了一個旋轉的手勢，然後指向下方。看起來他是想跟烏蘇拉H'x達成默契，約她稍後在下方某處見面。這是白費力氣，我心裡很清楚，我們之間不可能有交集，因為是平行墜落，所以我們之間永遠保持一定的距離。但是菲尼莫雷中尉起了這個念頭，而且還試圖灌輸烏蘇拉H'x這個念頭，就足以讓我繃緊神經。但她並沒有理會他，只微微噘起嘴唇做了一個吹小號的動作，是對誰做這個動作呢，我想毫無疑問，肯定是菲尼莫雷中尉。（烏蘇拉H'x墜落時彷彿窩在自己床上懶洋洋地翻身，所以很難說她的動作是給這個或那個人看，抑或是她漫不經心的習慣動作。）

我自然也很渴望能跟烏蘇拉H'x約會，但是我的直線墜落跟她的直線墜落完全平行，願望既然不可能實現，說出來徒增困擾。當然，可以樂觀一點想，我們兩條無限延伸的平行線還是有一天有可能相交，光是這個可能性就讓我充滿希望，不，應該說讓我持續處在興奮狀態。老實說我常常夢到我們兩條平行線相交，夢到每一個細節，彷彿我真的經歷過，已經成為我的親身體驗，而且隨時都有可能發生，簡單又自然：我們原本各自墜落無法靠近彼此分毫，長久以來與我無關的她是她那條平行線的囚徒，然而先前觸碰不到的空間突然有了緊實感和彈性，感覺空無變濃稠了，我說的不是外界的空無，是從我們內在產生的變化，讓我跟烏蘇拉H'x緊緊擁抱在一起（我閉著眼睛都能看見她靠過來，她的態度跟平常不同但我依然知道是她。她手臂下垂貼在身體兩側，扭轉手腕似乎在伸展，但同時又彷彿蛇行蠕動），我下墜的那條看不見的線和她下墜的那條線變成了一條線，那條線上是她和我的混合體，她柔軟神祕的部位被我穿透，或應該說在那之前飽受孤單、分離和一無所有煎熬的我被她纏裹，甚至被吞噬。

有時候美夢會瞬間變惡夢，此刻我腦袋裡閃過一個念頭，我們兩條平行線的相交點可能是空間中所有平行線的相交點，所以交會的不只有我和烏蘇拉H'x，還有菲尼莫雷中尉，情況不妙！換句話說，在烏蘇拉H'x與我不再互不相干的那一刻，留著黑色小鬍子的那個外人也會出現，分享我們糾纏交融的親密。光想到這一點就足以讓我陷入心碎的妒嫉幻覺，我感覺在我們交會後我與她不由自主發出歡呼並同步到達痙攣快感的同時，（預感讓我毛骨悚然）從背後被侵犯的她（在我單方面充滿怨念的想像中）迸出驚恐尖叫，菲尼莫雷中尉則因得償所願發出粗鄙嘶吼。也或許是，（妒嫉已經讓我發狂），她和他的叫聲根本沒有任何不同或不和諧，甚或彼此唱和，變成愉悅的齊聲高呼，是我的聲嘶力竭絕望吶喊與他們格格不入。

在希望和焦慮交替中我一邊墜落，一邊在太空中四處搜尋有沒有可以改變我們現狀或未來的東西。我曾經瞥見過一、兩個宇宙，在很右邊或很左邊的位置，但是距離太過遙遠，看起來十分渺小。我只來得及分辨有許多亮點群聚成團，交疊旋轉時會低聲嗡嗡作響的數個星系，倏忽出現又轉瞬消失在我們上方或側邊，讓我不禁懷疑剛才是不是自己眼花。

「那裡！你看！那裡有一個宇宙！你看那裡！那裡有東西！」我指著某個方向對烏蘇拉H'x大喊，她呢，她抿著嘴咬著牙根，全神貫注輕撫自己光滑潔淨的小腿尋找寥寥可數幾乎看不見的汗毛，然後用鋒利指甲俐落拔除，對我的呼喊唯一回應大概是她把腿抬高，貌似利用那個遙遠蒼穹的反射光再做一次鉅細靡遺的檢查。

可想而知菲尼莫雷中尉對我的發現有多麼嗤之以鼻，他聳聳肩，於是他的肩章、肩帶和所有漂漂亮亮但毫無用處的配件都跟著跳了一下，然後冷笑背過身去。之後換成他（當他確認我看著另一邊的時候）為了引起烏蘇拉H'x的注意，指著太空中一閃即逝的某個光點嚷嚷說：「那裡！那裡！是一個宇宙！好大一個！我看到了！是一個宇宙！」（這時候輪到我偷笑，因為我看到她的回應是像翻跟斗那樣轉一圈後看向身後的他，這個動作不怎麼有禮貌但是賞心悅目，以至於原本覺得情敵被羞辱而感到開心的我又因為覺得他被另眼看待而心生羨慕。）

我不能說菲尼莫雷中尉說謊，他的說法，就我所知，可以是真也可以是假。我們偶爾會遠遠經過一個宇宙（或一個宇宙遠遠經過我們），這一點不假，但是沒有人知道是有許多宇宙散布在太空各處抑或是同一個宇宙沿著某個神祕軌道旋轉過程中不斷與我們交錯，還是根本沒有什麼宇宙，我們以為看見了宇宙其實看見的是或許曾經存在過、其影像如回音般不斷在空間壁之間反彈的宇宙海市蜃樓。不過也有可能那些宇宙真的一直在那裡，密密麻麻環繞在我們周圍，它們沒有移動，我們也沒有移動，自始至終一切靜止不動，沒有時間，只有當某個東西或某人成功暫時擺脫永恆靜滯貌似要做出一個動作的時候，在黑暗中才會有點點亮光閃爍。

所有假設都值得認真思索，不過我感興趣的只有我們的墜落，以及我到底能不能摸到烏蘇拉H'x。簡而言之，沒有人知道答案。既然如此，為什麼那個自以為是的菲尼莫雷中尉有時候擺出高人一等的姿態，好像他認為自己勝券在握？他發現要惹我生氣最保險的做法就是假裝跟烏蘇拉H'x在很久以前曾經很親密。烏蘇拉墜落到一半開始左右搖晃，她併攏膝蓋，身體晃過來晃過去，擺盪的幅度越來越大，她這麼做是因為看不到盡頭的墜落實在太無聊。結果菲尼莫雷中尉也開始跟著左搖右擺，而且還試著模仿她的節奏，彷彿跟她在同一個看不見的跑道上，聽著只有他們兩個才聽得見的音樂節拍手舞足蹈，他甚至還假裝吹口哨，企圖暗示我那是舊時玩伴之間的一個遊戲。其實是騙局，他以為我不知道，但是我只要想到烏蘇拉H'x和菲尼莫雷中尉可能早就見過，不知道多久以前，也許是在墜落之前，我就感到椎心刺痛，彷彿遭到了不公不義的對待。但是仔細想想，如果烏蘇拉和他曾經共處於太空中同一點，那就表示他們墜落的路線漸行漸遠而且很有可能持續遠離對方。既然烏蘇拉速度緩慢但持續不斷在遠離他，那麼她自然是正在向我靠近，所以菲尼莫雷中尉對他們曾經過從甚密沒什麼好得意的，因為未來微笑的是我。

只不過讓我得到這個結論的推演無法讓我內心恢復平靜：烏蘇拉跟中尉很可能早已見過這件事本身就是個錯誤，如果真的發生過其實無法彌補。我得補充說明，對我而言過去和未來是意義不明的詞彙，我無法分辨：我只記得永無止盡平行墜落的此刻，既然墜落之前可能發生過的事想不起來，就屬於想像的未來世界，跟未來並無區別。所以我也可以假設我和烏蘇拉H'x所在的兩條平行線是從同一點出發的（如此說來，我之所以急切渴望與她交會是因為懷念我們曾經同在一點），但我排斥這個假設，因為這意味著我們會逐漸遠離對方，有一天她將投入軍服上配戴各種鑲邊飾帶的菲尼莫雷中尉的懷抱，也是因為我必須想像一個不同的當下否則就無法走出當下，至於其他的一切都不重要。

或許這就是祕訣：與墜落合而為一才能理解其實自己墜落的路線並不是原先以為的那條而是另外一條，才能用除了那個方法否則無法改變路線的唯一方法將墜落路線改成原本真正的墜落路線。我不是因為專心思索我自己的狀況才有了這個想法，它是在我含情脈脈觀察烏蘇拉H'x美麗背影時冒出來的，那時我們正好經過一個極為遙遠的星系，我注意到她背脊弓起，臀部貌似輕微抖動，實際上並不是她的臀部抖動，而是外部有什麼東西蹭到她的臀部導致臀部隨之反彈。就是這個一閃而過的畫面促使我以全新角度檢視現況：如果說有物質的空間跟空無一物的空間不同是因為物質造成的曲率或張力迫使空間內所有線條延展或彎曲，那麼我們各自墜落的直線路線必須變形才可能是直線，因為原本和諧透明的空無空間被物質充滿已經變形，而那個像疙瘩或肉疣或增生物扭轉纏繞的物質是懸在太空中的宇宙。

我的參照點一直是烏蘇拉，而她的盤旋行進模式正好可以說明我們的墜落呈現一下轉緊一下轉鬆的螺絲釘那種螺旋形。不過仔細看烏蘇拉的盤旋是一會兒往這個方向一會兒又往那個方向，因此我們墜落的路線圖形其實很複雜。不能把宇宙比作像蘿蔔那般立定不動的龐然膨脹物，它是一個多角尖銳物，每一個凹陷或凸出或刻面都呼應了我們行經空間和路線的凹與凸或參差不齊。這只是一個示意圖解，看起來我們面對的是一個表面光滑的實體，是互相穿透的多面體，是聚集的晶體，實際上容納我們在其中移動的這個空間處處是城垛和孔洞，有呈輻射狀朝四面八方聳立的尖頂和尖塔，有圓頂和欄杆和柱廊庭院，有雙孔窗、三孔窗和玫瑰花窗，我們看起來是筆直墜落，實際上我們是沿著看不見的線腳和飾帶邊緣滑行，就像穿越城市的螞蟻並不是走在人行步道上而是沿著牆壁、天花板、畫框和枝形吊燈前進。舉城市為例，表示在我們腦海中不可避免會浮現出一些規則的圖形，例如直角和對稱比例，但我們要知道空間的參差輪廓就像是沿著每棵櫻桃樹、每根枝椏上所有隨風搖曳的葉片和每個葉片邊緣的鋸齒線條周圍勾勒出來的那個不規則形狀，而且是按照葉片上每一根葉脈和葉片內由葉脈形成的網和時時刻刻光線如利箭般穿透葉片的孔洞塑形而成，所有這一切像負片印壓在空無那個麵團上，萬物皆留下痕跡，留下每一個可能的物的每一個可能的痕跡，以及這些痕跡瞬息萬變的形狀，因此長在鼻頭的一顆青春痘或停留在洗衣婦胸脯上的一個肥皂泡都能改變空間的形狀，無論是哪一個空間維度。

理解空間是如此建造後，我就發現空間中有一些柔軟又舒服的凹陷處像吊床一樣讓我可以跟烏蘇拉H'x待在裡面跟她一起搖來晃去互相啃咬糾纏。這個空間的特性是這樣的，這條平行線在這一端而另一條在另一端，當我掉進一個曲折洞穴裡的同時烏蘇拉

H'_x則是被吸進與那個洞穴相通的一條坑道，於是乎我們發現我和她一起在像是亞空間孤島的海藻地毯上翻滾以上下顛倒各種姿勢肢體交纏，直到突然間我們那兩條平行線恢復它們之間永遠的等距距離繼續各自前進彷彿什麼事都沒有發生過。

　　這個空間的紋理多孔多裂縫處處沙丘。我注意觀察，發現菲尼莫雷中尉墜落的路線會經過一個狹窄蜿蜒的峽谷，於是我埋伏在一處懸崖上等待時機一到便對準他的頸椎縱身一躍用全身重量壓住他。空蕩蕩的谷底彷彿乾涸河床遍地石頭，重重摔落的菲尼莫雷中尉腦袋卡在兩塊突出的岩石之間，我用膝蓋抵住他的胃，而他則用仙人掌刺或豪豬鬃毛（那些鬃毛吻合某些尖刺形的空間收縮）壓制我的手不讓我把我之前踢飛的他的手槍占為己有。不知道怎麼回事下一秒我的腦袋就埋進了空間層層剝落而成的沙堆中無法呼吸，我頭暈腦脹眼睛看不見呸呸呸吐出口中的沙，菲尼莫雷中尉拿回他的手槍，一顆子彈從我耳邊呼嘯而過，因為空無像白蟻窩快速擴張導致子彈偏移。轉眼我翻身壓倒他雙手掐住他的脖子準備施力，我的左手和右手忽然「啪」一聲互擊，我和菲尼莫雷中尉的墜落路線重新變成兩條平行線，彷彿從未見過互不相識的陌生人背對著背維持原先的距離墜落。

那些可以被當作一度空間直線的平行線其實很像是用筆寫在白紙上但因闡述時過於匆忙後續逐次修改把單字和短句從這一行挪移插入另一行但始終不太滿意的一行行草寫體文字，而我和菲尼莫雷中尉之間的追逐戰是這樣進行的，我們躲在草寫字母*I*的那個圈圈裡，特別是「平行」這個字的幾個*I*圈圈裡，向對方開槍躲子彈假死然後等聽見菲尼莫雷中尉的腳步聲靠近把他絆倒抓他的腳拖行讓他的下巴磕撞用草寫體書寫的「一度空間宇宙」（universo unidimensionale）長得一模一樣的*v*和*u*和*m*和*n*字母底座就像是經過連續坑洞的路面那樣顛簸彈跳後把他丟在被刪改得亂七八糟地方的我帶著已經乾掉的墨水印重新站起來衝向耍詐躲在精緻到彷彿是用絲線打成的蝴蝶結般的字母*f*裡的烏蘇拉H'x，我抓住她的頭髮逼她趴在我現在匆忙中寫得歪歪斜斜幾乎可以讓人躺在上面的字母*d*或*t*上頭，然後我們往下挖一個洞，像字母*g*下半部那樣的一個地下巢穴，這個巢穴可以根據我們體型需求不用太大從外面幾乎看不見或是更寬敞一點好讓我們可以舒舒服服躺在裡面。當然這幾行文字也可以不是接續的字母與詞彙而是持續保持平行且除了自身別無其他意義的幾條黑色直線在無限延伸永無交集，就像我、烏蘇拉H'x、菲尼莫雷中尉和其他所有人一樣永遠不會相遇。

光年

距離我們越遠的星系，遠離我們的速度就越快。距離我們一百億光年的星系飛離速度相當於光速，也就是每秒三十萬公里。最近發現的幾顆「準恆星」就差不多接近這個速度。

一天晚上我跟平日一樣用天文望遠鏡觀測夜空，發現在一億光年外的一個星系上立著一個牌子，上面寫著「我看到你了」。我快速展開運算，那個星系的光需要一億年才能傳送到我這裡來，既然他們要等一億年才能看見這裡發生的事，表示他們看見我的時間得回溯到兩億年前。

在翻開我的行事曆確認那一天我做了什麼之前，我有了不祥預感：正好在兩億年前，一天不多一天不少，在我身上發生了一件事，我一直試圖掩蓋，希望那件事能隨著時間被徹底遺忘。在那件事發生的那一天之前和之後，我的行為模式形成鮮明對比，至少我是這麼覺得。所以如果有人想把那件事挖出來，我會保持冷靜一概否認，不只是因為不可能找到證據，也是因為那件事起因十分特殊，但它確實發生了，即便是我自己也不大可能昧著良心說那件事不是真的。沒想到在遙遠的某個天體上竟然有人看到而且現在舊事重提。

我當然可以解釋究竟發生了什麼事，為什麼會發生，讓大家即便無法完全接受，但至少能夠理解我的行為。我恨不得馬上立起一個牌子為自己辯解，上頭寫著「請聽我解釋」或「請易地而處」，這樣回應肯定不夠，但事情原委太長沒辦法寫成簡單扼要遠距離也不影響閱讀的幾句話。更重要的是我得當心不能被誘導，不能明確承認「我看到你了」企圖影射的內容。總而言之，在我做出任何聲明之前我得先搞清楚那個星系究竟看到了什麼沒看到什麼，所以我只能舉牌發問，例如「你看到全部還是只看到一點？」或是「不然你說說看我做了什麼？」，等他們看到我的問題，再等我看到他們的回應才能做出必要的修正。這一來一回需要兩億年，而且還得追加數百年，因為這些影像以光速傳送的同時，所有星系都持續在遠離對方，所以那群恆星現在已經不在原來我看到它們的位置而是在更遠的地方，我的文字影像只能追著它們跑。反正那是一個緩慢的運作系統，迫使我在四億多年後重新討論我希望儘早忘記的事。

最好的做法就是假裝什麼事都沒發生，降低關鍵部分被人看出端倪的可能性，所以我匆匆在牌子上寫了簡單幾個字：「那又怎樣？」如果在那個星系上的人以為用「我看到你了」就能讓我無地自容，那麼我的鎮靜自若肯定會讓他們不知所措，告訴自己最好別再追究那件往事。如果他們手上沒有太多我的把柄，意義不明的「那又怎樣？」正好可以小心查探他們說「我看到你了」背後有多少東西。我們相距如此遙遠（一億光年外的那個星系早在一億年前就起錨航向黑暗），他們很有可能不明白我的「那又怎樣？」是回應他們兩億年前所寫的「我看到你了」，但我覺得不宜在牌子上寫得太過清楚，因為說不定經過三億年後他們對那一天的印象已經開始模糊，我可不想喚醒他們的記憶。

其實，他們對我在事情發生當下的看法並不會讓我太過擔心。畢竟我生活中的點點滴滴，從那一天之後每一年每個世紀和每個千禧年的點點滴滴，絕大多數都對我有利，所以我只要讓事實說話就好。如果他們從那個遙遠的天體看到我兩億年前那一天做了什麼，自然也會看見第二天、第三天、第四天和之後每一天的我，他們應該會對或許因為那個獨立事件而對我形成的負面意見慢慢做出修正。我只要想從他們寫下「我看到你了」到現在過了多少年就可以說服自己那個壞印象早就煙消雲散，而且很可能已經被正面評價所取代，這樣比較符合現實。但是這個理性推演沒辦法讓我鬆一口氣，在我證明他們對我的看法確實有所轉變之前，我始終感到很不自在，覺得自己在處境尷尬的時候被看見就再也擺脫不了那個處境，無計可施。

你們會說我根本不用在乎住在遙遠星系上那些素不相識居民對我的看法。其實，我不擔心侷限在這個或那個天體上的意見，但我懷疑被他們看見可能產生沒完沒了的後果。在那個星系周圍有許許多多其他星系，其中幾個跟那個星系的距離不超過一億光年，上面有些觀測員的眼睛睜很大，在我發現「我看到你了」的牌子之前，那幾個天體上的居民肯定已經看過，至於其他星系由近而遠應該都一樣。儘管沒有人清楚知道「我看到你了」到底指的是什麼，但是這個不確定性顯然對我不利。由於我們總是傾向於相信最壞的假設，他們隔著一億光年距離看到的我的一切比起他們想像中可能看到的一切根本不算什麼。我在兩億年前一時輕率留給他們的惡劣印象在宇宙所有星系中折射放大呈倍數成長，我越是否認情況就會越糟，因為我不知道哪些極盡誹謗的臆測會傳到從來沒有親眼見過我的人耳中，所以我既不知道要從哪裡開始否認，也不知道該否認到哪裡。

我在這個心情下繼續每天晚上用天文望遠鏡觀測四周。兩天後我發現一億零一光年外的另一個星系上也擺出「我看到你了」的牌子。顯然他們指的也是那件事，我一直希望能掩蓋的那件事不只被一個天體看見，坐落在太空中另一個區域的另一個天體也看見了。接下來幾天晚上我陸續發現其他天體也擺出「我看到你了」的牌子，計算光年後發現他們都是在那一次看到我的，於是我一一回應他們的「我看到你了」，我以一貫輕蔑的語氣寫道「是喔？很榮幸」或「關我什麼事」，或用帶有挑釁意味的傲慢口吻嗆回去，例如「算你倒楣」或「嗨，是我沒錯！」，但始終謹慎不多言。

就事情發展邏輯來看我對未來抱持審慎樂觀態度，但是針對我人生中單一事件集體出現的「我看到你了」，雖然是在星際特殊可見度條件下才有的意外巧合（只有一個例外，其中一個天體對那天發生的事所寫的牌子是「什麼東西都看不到」），還是讓我感到如芒刺在背。

彷彿這些星系所在的太空中有一個持續不斷以光速擴張的球體，而我事發當天的影像在球體內部播放投影，所有天體上的觀測員只要進入那個球體的投影範圍內就能看見那天發生了什麼事，之後這些觀測員成為另一個同樣以光速擴張的球體核心向周圍投影「我看到你了」的牌子。而且所有這些天體都屬於在太空中以與距離成比例的速度正在遠離的星系，每一個觀測員剛打出手勢表示收到訊息，還沒來得及收第二個訊息就已經在太空中以更快速度飛離。看到我（或離我們比較近的星系上「我看到你了」的牌子，或離我們稍微遠一點的星系上「我看到了我看到你了」的牌子）的星系中比較遠的那幾個就快要飛到一百億光年外，一旦超過那個門檻，它們就會以每秒三十萬公里的速度遠離，比光速還快，再沒有任何影像追趕得上。也就是說我當時留給他們的錯誤印象很可能沒有機會改變，從那一刻起成為既定印象，無法更正或上訴，因此，就某個角度而言，成為符合事實的正確印象。

所以必須儘快澄清誤會。要想澄清誤會，我只能寄望一件事：在那一次之後，他們還看過我其他次，看過我截然不同的形象，那才是（我對這點很有把握）他們應該看到的我真正的樣子。在最近兩億年間，這樣的機會不是沒有，我只需要有一次機會能被清楚看見，就不會造成誤解。舉例來說，我記得有一天我是真正的我，我的意思是我希望他人看到的那個我。那一天，我快速算了一下，正好是一億年前，所以距離我一億光年的星系此刻看到的就是對我有利的我討人喜歡的樣子，他們對我的看法肯定正在改變，修正並否定之前匆匆一瞥留下的印象。而且就是現在，或差不多是現在，因為此時此刻我們之間的距離不再是一億光年，應該至少是一億零一光年，反正我只要等上同樣長的時間，等那裡的光抵達這裡（基於「哈伯定律」不難算出準確日期）就能知道他們做何反應。

凡是能夠在時間X看到我的人就越有機會在時間Y看到我，由於我在Y的形象比起我在X的形象更有說服力，或者應該說更吸引人，只要看過的人都不會忘記，所以大家會記得在時間Y的我，而那個在時間X被看見的我會立刻被忘記、被刪除，從記憶中被短暫叫出來後宣告退役，彷彿在對大家說：你們想想看，在時間Y那樣的人也會被看到他在時間X的樣子然後以為他就是X但顯然他是不折不扣的Y。

想到四處出現那麼多「我看到你了」的牌子，我忍不住感到雀躍，那代表我受到高度關注，所以我最風光的那一天不可能不被他們看見。那一天應該會獲得（或在我不知情的情況下已經獲得）遠比我個人預期（只會在特定範圍，而且只在偏遠特定範圍內產生迴響）更大的迴響。

還要考慮到某些天體因為先前沒注意或位置不佳所以沒有看到我，只看到附近天體擺出「我看到你了」的牌子，於是他們豎起「你好像被他們看到了」或「那邊的人看到你了！」的牌子（從語氣看來有好奇，也有嘲諷）。那些天體上自然有人盯著我，因為他們已經錯過一次機會絕不會讓第二次機會溜走，對X只有間接和假設性消息的他們會更樂於接受Y是我的唯一真實樣貌。

時間Y的我將如回音般穿越時空擴散開來，到達最遙遠、遠離速度最快的星系，那些星系會帶著超越時間和空間、已經成為最後真相、無遠弗屆且包含所有其他天體的局部和矛盾真相的那個我的影像，排除後續其他影像，以每秒三十萬公里光速遠離。

數百億年並非永恆，但是對我而言看不到盡頭。美好夜晚終於來臨，我的天文望遠鏡指向第一個星系已經有一段時間。我將右眼貼近觀景窗，先瞇著眼睛，之後慢慢張開，看到完整星座出現在鏡頭裡，有一個牌子立在正中央，看不大清楚，我調整焦距……上頭寫著「嗟—啦—啦—啦」。只有「嗟—啦—啦—啦」。在我毫無保留展現我的人格特質以求杜絕產生任何誤會風險的那一刻，在我將詮釋我人生過去和未來的鑰匙交出去期望能獲得全面且公平評價的那一刻，那些不只有機會而且有道德義務觀察我做了什麼並且記錄的人，他們看到了什麼？什麼都沒看到，一無所悉，未察覺任何異狀。發現我的名聲很大程度取決於一個不值得信賴的人，讓我很沮喪。在我認為不可能再現的諸多有利條件下證明我是誰的那個證據就這樣沒了，無人知曉，白白浪費，在宇宙中某個區域消失無蹤，只因為那位先生有五分鐘心不在焉，腦袋放空，也就是不負責任，跟傻瓜一樣望著天空發呆，或是多喝了幾杯小酒情緒高亢，不知道要在自己的牌子上寫什麼，忘記他的職責所在，只好把他當時正在吹的口哨曲調寫出來，「噠—啦—啦—啦」。

只有一個念頭讓我略感欣慰：其他星系不至於沒有勤奮工作的觀測員吧。我在那個瞬間為令人不悅的那件往事曾經有過為數眾多的觀眾而感到高興，他們現在應該準備好面對新局面了。我再次每天晚上守著我的望遠鏡。一個離我不遠不近的星系連續幾晚向我展示它的美麗之後，出現了一個牌子，上頭寫著：「你穿的針織衫是羊毛的」。

我眼眶含淚，試著理解這句話的意思。或許在那個星座上的人，經過這麼多年，不斷精進他們的天文望遠鏡，以觀察微不足道的細節為樂，例如某個人身上穿的針織衫是羊毛材質或棉材質，至於其他的不重要，他們也不在乎。關於我令人敬佩的行為，我高尚又慷慨的行為，他們完全沒記住，只記住我穿的是羊毛針織衫，一件很高級的針織衫，如果換一個時間我不會介意他們注意到針織衫，但那個時間不行，那個時間不行。

總之，我還有很多其他證據可以拿出來，我不記得確切數字，但我不會為這種小事焦慮。事實上，我終於確認在稍遠的一個星球上有人看到我的表現並十分熱心的給予我正確評價，他們在牌子上寫的是：「那個傢伙很厲害」。我非常滿意，我之所以感到滿意，主要是因為事情如我所預期，果然有人肯定我的優異表現。唯獨「那個傢伙」這個說法引起我的注意。如果他們之前見過我，我指的是在對我不利的那個情況下見過我，為什麼叫我「那個傢伙」，他們怎麼可能不認識我？我出於謹慎調整天文望遠鏡的對焦，發現在牌子最下方還有一排小字：「他是誰？天曉得」。還有比我更倒楣的嗎？手上有資料能夠真正了解我是誰的那些人沒有認出我，他們沒有把我這次的優異表現跟發生在兩億年前那件應受譴責的事連結起來，繼續怪罪我做了那件應受譴責的事，而我現在做的事變成與我無關、沒頭沒腦、與任何人都無關的一件軼事。

我當下第一個念頭是舉牌告訴他們：「是我！」但我放棄了，這麼做有用嗎？他們要等一億多年後才會看到，距離時間 X 已經又過了三億多年，加起來接近五億年。為確保大家明白我的意思我要再次重申，我最想要避免的，就是繼續跟往事糾纏不清。

我對自己不再那麼有把握，擔心其他星系的反應也不會讓我多開心。那些看過我的，只看到片面、片段、心不在焉的我，對當時發生的事所知有限，沒有掌握事情核心，也沒有根據他們在不同事件中所見所聞去分析我的個性。

只有一個牌子寫出我真心期待看到的內容：「你知道嗎，你真的很厲害！」我連忙打開我的筆記本，看那個星系在時間X的反應是什麼。巧合的是，它正好是之前豎立「什麼東西都看不到」牌子的那個星系。顯然我在宇宙那片區域頗受好評，本來應該覺得開心，但我一點成就感都沒有。因為我意識到，我的這群仰慕者並不是之前對我有錯誤看法的那些人，他們對我可有可無。這群仰慕者無法證明時間Y的我否定並刪除了時間X的我，所以我依然苦惱，而且因為時間拖太久加上不知道事由是否已經被移除或在未來有可能移除而更加痛苦。

當然，對宇宙各地的觀測員而言，時間X和時間Y不過是無以數計的觀測時間點中的兩點，每天晚上在那些距離不等的各個星座上都會出現跟其他事件相關的牌子，上面寫著「咎由自取」、「故步自封」、「看看你幹的好事」和「我早就跟你說過了」。我可以就每一個牌子去估算，從這裡到那裡多少光年，從那裡到這裡多少光年，好找出那些文字所指的是哪些事：我人生中的一舉一動，包括我每一次挖鼻孔，我每一次從行駛中的電車跳下來，都還在星系間旅行，從這個星系到那個星系，被研究、議論和評斷。那些議論和評斷未必每次都很中肯，像「嘖、嘖」對應的是有一次我捐了三分之一薪水給慈善單位；「這次我覺得你做得很好」對應的是我把研究多年後完成的論文手稿忘在火車上；我在哥廷根大學的著名演講獲得這樣的評語：「當心亂流」。

換句話說，我大可以放心，因為不管我做什麼，無論好壞，都會消弭於無形，只留下回音，而且是各種回音，在不斷膨脹生出其他球體的宇宙這一端和那一端都不同，沒有延續性，不協調，可有可無，從中看不出我的動作之間有何關聯性，也無法讓我的任何一個新動作對之前的動作做出解釋或修正，因此它們可以相加或相減，就像一個很長的多項式，但無法簡化為最簡單的表達式。

既然如此，那我可以做什麼呢？繼續為過去忙碌毫無意義，往事已矣，我應該想辦法讓未來更好。不管我做什麼，重要的是，能清楚表明什麼是關鍵，什麼是重點，什麼應該注意什麼不用注意。我給自己準備了一個很大的牌子，上面有一個方向指示標誌，就是伸出食指的一隻手。每當我完成一個我希望能引起注意的動作，接下來唯一需要做的就是舉起牌子，盡可能確保食指指向那個畫面最重要的細節。如果我想要低調不被發現，我就高舉另一個牌子，上面是比出大拇指的手勢，讓大拇指指向與我相反的方向，好轉移注意力。

我不管去哪裡都帶著這兩個牌子，視情況決定舉這個或那個。可想而知，這是長期奮戰，距離我數億光年的那些觀測員要延遲數億光年才會看到我現在做的事，而我同樣要等候數億光年才能看到他們的回應。這種時間延誤無法避免，還有另一個問題是我事先未曾預料到的：當我發現自己舉錯牌子的時候該怎麼辦？

舉例來說，有一次我認為自己做了一件值得驕傲、有助於建立威望的事，我匆匆舉起那張大拇指的牌子指向自己，頓時讓自己陷入窘境，做出這種蠢事實在難以原諒，展現出人性卑劣的一面，簡直無地自容。然而覆水難收，那個用大拇指指著自己的影像在太空中遨遊，沒有人能讓它停下來，它在光年間遊走，在星系間傳播，在未來數億年被議論、訕笑、嗤之以鼻，而等待了數億年的我收到這些反應後還得硬著頭皮做出解釋，笨拙地嘗試修正……。

另外有一天，我遇到一個不大愉快的情況，那是人生中不得不面對的問題之一，而且我心裡有數，無論如何事情恐怕很難善了。我用指向反方向的大拇指那個牌子作掩護，然後我就離開了。出乎大家（包括我在內）意料之外的是，那個棘手情況反而證明我思緒清晰，在做決定的時候能夠不偏頗、得體且果決，我突然展現的才幹應該跟花了很長時間才慢慢成熟的個性有關，而那個牌子轉移了所有觀測員的目光焦點，都盯著旁邊那瓶牡丹花看。

我剛開始認為這類情況是例外，以及我經驗不足的緣故，但是事情發生頻率越來越高，這才意識到我應該用牌子指出我不想被人看見的，把我用牌子指出的一切隱藏起來，可惜為時已晚，我不可能在影像到達之前通知那些觀測員請他們對牌子視而不見。

於是我準備好寫著「不算數」的第三塊牌子，當我想否決前一個牌子的時候可以派上用場，但是這個影像只會在應該被修正的影像之後才被每一個星系看見，那時候錯誤已經鑄成，我企圖補救不過是貽笑大方，再做新的牌子「那個『不算數』不算」同樣無濟於事。

我還在等遙遠的那一天從各星系傳來他們對我那些尷尬困窘新影像的評論，我已經開始根據不同情況研究如何針對他們的反應予以回覆反駁。至於那些認為我名聲不佳的星系已陸續通過數十億光年的門檻，高速前進，我的影像訊息得費力穿越空間才能趕上加速飛離的它們。等它們一個一個消失在視覺產物無法企及的百億光年地平線外，對我的評斷就不可能再挽回了。

想到我再也無法改變那些星系對我的看法突然有種如釋重負的感覺，彷彿唯有在被不由分說地記錄下來的誤會既無法釐清也無法再加油添醋的那一刻，我才能跟自己和解。那些星系漸漸縮減為黑暗中星球光環的最後那道尾巴，我感覺它們似乎把關於我的唯一真相也帶走了，我很期待所有星系一個接一個走上那條路。

螺旋動物

對大多數軟體動物而言，肉眼可見的生物型態在同物種成員的生活中並無太大重要性，因為他們看不到彼此，最多能約略感知到其他個體與環境。但不能排除我們覺得很美的鮮豔條紋和外觀（例如許多腹足綱物種的貝殼）其實跟可視與否無關。

一

「你們想知道當時攀附在礁石上的我是不是這樣？」Qfwfq問道。「海水起起落落，扁平的我癱著不動，吸附在可以吸附的東西上面，專注於思索？如果你們要問當年的事，我能說的不多。那時候我連形狀都沒有，應該說我不知道我有形狀，不知道原來可以有形狀。我放任不管，讓各部位自行生長，你們如果說這樣叫輻射對稱，那我就是輻射對稱的形狀，其實我根本沒注意。我為什麼要讓這一邊長得比另一邊大？我沒有眼睛沒有腦袋，身體沒有哪一個部位跟其他部位不一樣，現在大家非要說我擁有的兩個孔洞其中一個是嘴巴另一個是肛門，所以我跟三葉蟲和你們一樣都是兩側對稱動物，但是在我記憶中這兩個孔洞並無差別，東西隨我高興或進去或出來，吹毛求疵做區隔是很久以後的事。但我的確有時候會天馬行空幻想自己做出某些動作，例如腋下搔癢、翹二郎腿，有一次我還幻想自己長出像刷子般的小鬍子。我用這些詞彙是為了說明當時很多細節在我意料之外，我有細胞，基本上差不多一樣，做相同的工，一拉一放。我沒有形狀，所以我覺得我可以變成各種形狀，可以做出各種手勢、鬼臉和可能的噪音，再惱人也無妨。總而言之，我的思想不受限制，其實也不算是思想，因為我沒有大腦去想，每個細胞可以同時各自思考所有可思考的，不借助圖像，因為我們那時候還沒有任何圖像，只是用一種說不清楚的方式去感覺自己在那裡，而且不排除任何其他方法去感覺自己在那裡。」

我當時的條件很寬裕，很自由，我很滿意，跟你們想的不一樣。我是單身漢（那時候的繁殖方式連短暫交配都不需要），很健康，沒有浮誇奢求。一個人年輕的時候，所有進化之路都為你敞開，同時你還可以繼續享受作為扁平軟體動物溼答答無所事事待在礁石上的快樂。如果跟後來的各種限制相比，例如你有了一個形狀就必須排除其他形狀，沒有任何意外的一成不變，感覺自己被困住了，我可以說以前的日子很美好。

那時候我只關注我自己，這是真的，跟現在的社交生活無法比。我必須承認當時的我，因為年紀，也因為環境使然，是有點自戀。簡而言之，我待在那裡用全部的時間觀察我自己，看見我所有優點和所有缺點，我喜歡我自己，不管優點或缺點都喜歡。不過當時沒有比較這個說法，這一點必須說明。

但我不至於笨到不知道除了我還有其他生物存在，例如我攀附的那塊礁石，一波接一波打到我身上的海浪，以及海的另一邊，是世界。水是可靠又精確的資訊傳播工具，給我帶來可食用的物質，讓我透過我的表面吸收，也會給我帶來不可食用的東西，讓我對周遭事物有些概念。傳播模式是這樣的：一道浪打來，附著在礁石上的我把自己抬高一點點，幾乎無法察覺的高度，我只需要稍微緩衝一下壓力和撞擊力道，讓帶著各種物質、感覺和刺激的水流從我下方經過。你永遠不知道海浪會帶來哪些刺激，有時候是讓你忍不住哈哈大笑的搔癢，有時候會讓你打冷顫，或覺得灼熱，或皮膚癢，所以是持續不斷輪流出現的樂趣和刺激。你們別以為我被動待在那裡，嘴巴張開來者不拒。我累積了一定經驗之後，能迅速分析出這次帶給我的是什麼東西並決定我要怎麼做，或善加利用，或避免不愉快的後果。關鍵在於我的每一個細胞如何收縮，或適時放鬆，如此就可以做出選擇，是吸入、拒絕吸入，或是吸入後再吐出來。

所以我知道有「他者」存在，我周圍到處都是他們的痕跡。這些「他者」或與我截然不同充滿敵意，或跟我相似令人厭惡。喔，我大概讓你們覺得我是個個性古怪的傢伙，不是這樣的。其實大家各自忙碌，「他者」的存在反而讓我感到安心，表示我所在的地方是一個宜居空間，洗刷我特立獨行不合群的嫌疑，我並非獨活，彷彿被流放。

這裡還有「她者」。海水傳送一種很特別的振動給我，嗡，嗡，嗡，我記得我第一次察覺到那股振動：不，不是第一次，我記得當我察覺到那股振動的時候意識到我本來就知道「她者」的存在。我發現她們存在的時候，十分好奇，但不是想看到她們，或讓她們看到我的那種好奇，畢竟，第一，我們都沒有視覺，第二，當時還不存在性別差異，每一個個體都跟另一個個體別無二致所以看另一個他或另一個她就跟看我自己一樣，我的好奇在於想知道我跟她們之間會不會發生什麼。我頓時陷入焦慮，不是因為我希望發生什麼特別的，那倒也不必，事實上問題不在於特別或不特別，讓我焦慮的是該如何用對等的振動去回應那個振動，我的意思是如何用屬於我個人的、跟另一個振動不至於一模一樣的振動去回應對方。你們現在會說那個東西叫做荷爾蒙，但是對當時的我來說真的很美。

總之，她們其中一個噗、噗、噗，產下了她的卵，而我咻、咻、咻，讓卵成功受精，這一切都發生在大海裡，在陽光照耀下的溫暖海水中，二者合而為一。我還沒跟你們說我能感受到陽光，陽光會讓海水升溫，讓礁石發燙。

我剛才說，她們其中一個。其實海水帶來拍打在我身上的所有那些雌性訊息剛開始像是一碗湯，我覺得好喝狼吞虎嚥不管湯裡面這個或那個的滋味如何，吃到一半我才發現最合我口味的是哪一個，當然在那一刻之前我並不知道口味是何物。總之，我戀愛了。換言之，我開始懂得分辨、區分她的信號，我會期待並尋覓我開始懂得分辨的她的信號，而且我會用我的信號回應我所期待的她的信號，並敦促她發出信號，發出讓我可以用我的信號回應她的信號。一言以蔽之，就是我愛上她她也愛上我了，夫復何求？

現在跟以前不同，你們應該無法理解為什麼可以在沒有跟對方往來的情況下愛上對方。其實透過海浪傳送給我的溶解在水中專屬於她的那一點東西，我就能接收到你們難以想像大量關於她的資訊，而且不是現在那種看得到聞得到觸碰得到或聽得到的流於表面的一般資訊，而是核心資訊，讓我可以長時間慢慢想像。我對她的想像很明確而且鉅細靡遺，但我想的不是她長什麼樣子，那樣想她未免太俗氣，我想的是沒有形狀的她如果從無盡的所有可能形式中挑選一個的話會變成什麼樣子，同時她依然是她。也就是說，我想像的不是她會變成什麼形狀，我想像的是她在挑選形式的時候會賦予那些形式怎樣的特質。

總之，我很了解她。但我對她沒有把握。有時候我會起疑心，會焦慮，會感到不安，但我不會洩露半分，你們知道我的個性，在鎮定自若的面具下有我說不出口的胡思亂想。我不止一次懷疑她背叛我，她發訊息的對象除了我還有別人，而且被我抓到不止一次，或發現她發給我的訊息語帶敷衍。我心生猜忌，現在我可以說出口了，不是因為不信任她而心生猜忌，是因為我對自己沒信心：誰能保證她真的了解我是誰？她真的知道我存在嗎？我們藉由海水建立起來的關係既澎湃又全方位，我有什麼不滿意的？對我而言那是兩個獨一無二且截然不同的個體之間非常私密的關係。對她而言呢？誰能保證她對我的感覺不會在另外一個、兩個或十個或百個像我這樣的個體身上感受到？誰能向我擔保她在跟我的這段關係中如此奔放不是恣意妄為的奔放，也不是輪到誰都可以的集體式狂歡？

然而這些猜疑並不符合事實，我們之間往返的振動很低調，很私密，有時候甚至謹慎到令人焦慮的地步便足以證明。所以會不會是因為她太害羞又缺乏經驗無法完全掌握我的特性以至於有他者趁機假冒是我？而涉世未深的她沒能區分我和他者不同，始終以為那是我，才把陌生人也納入原本屬於我們的私密遊戲中……？

就在那個時候我開始分泌一種石灰質。我想要明確地彰顯我的存在，捍衛我獨特的存在，杜絕我跟我以外的一切混淆不清的可能。不需要多費唇舌解釋此一創舉的背後意圖，只說一個字就夠了：「做」，我得「做」，在此之前我什麼都沒做過也沒想過可以做什麼，所以光是決定做就已經是件了不起的大事。於是我開始做我想到的第一個東西，那就是外殼。我經由某些腺體，從肉身的套膜邊緣開始往外吐出分泌物形成圓弧狀殼體，直到我被外表粗糙內裡光滑的五顏六色堅硬外殼包覆。我自然無法控制我正在做的那個東西的形狀，蜷縮成一團的我不作聲，放慢動作，持續分泌。即便我全身都已經被包覆起來也未曾停止分泌，而是開始下一輪旋轉，最後出現的是一個呈螺旋狀扭轉的殼，看起來很難做但實際上只要堅持不輟慢慢地分泌同一種物質不要中斷，殼就會一圈接一圈長大。

這個殼體一旦成形，就成為我需要且不可或缺的安身處，如果沒有它保護我就會面臨生死存亡的考驗，但是我做殼並不是因為它對我有用才做它，我做殼就像是發出一聲感嘆其實也可以不要感嘆但我還是脫口而出，像是「啊！」或「呀！」，我之所以做殼，只是為了自我表達。我藉由做殼表達我對她的種種心思，是她讓我怒火中燒後的一種宣洩，是我深情款款地想起她，是我為了她而渴望存在，渴望做我自己，為了真正的那個她，是我把我對自己的愛拿去愛她，所有這一切只能透過扭轉成螺旋狀的那個貝殼說出來。

我分泌的這個石灰質每隔一段時間就會變色，形成許多美麗的條紋穿梭在螺旋殼體中，這個殼跟我不同但又是我最真實的一部分，說明了我是誰，用節奏規律的量體和條紋和色彩和硬質感勾勒出我的畫像，同一個系統也勾勒出她的畫像，那也是她最真實的樣貌，因為她在同一時間做出了跟我的殼一樣的殼，不知情的我模仿了她當時正在做的事而不知情的她也模仿了我當時正在做的事，所有其他個體也模仿其他個體做出了一模一樣的殼，所以一切彷彿回到原點，幸好看起來一模一樣的這些殼如果仔細觀察會發現許多之後可能會越來越明顯的細微差異。

我可以說我的殼是自行生成的，我沒有特別關注引導它長成這樣或那樣，但這並不代表我置身事外，腦袋放空。事實上在我分泌石灰質的時候，我從未分心過須臾片刻，沒有思考其他事情，或應該說，我一直在思考其他事情，因為貝殼不需要我去想，我也沒有其他事好想，但是我在努力做殼的時候一邊努力想著做東西，可以是任何東西，所以也可以是接下來我可以做的所有東西。如此一來那個工作就不會顯得太單調，因為努力思考的同時會生出無數各式各樣的想法而每一個想法會帶動無數各式各樣的行動而每一個行動都有助於做出無數個不同的東西，而每做一樣東西就意味著讓殼體一圈接一圈長大……

二

（時至今日，五億年後的今日，我環顧四周看到礁石上方鐵道駁坎橫亙和一列火車呼嘯而過，車上有一群荷蘭女子看向窗外，最後一節車廂中有一名單身旅人在閱讀雙語對照版的古希臘作家希羅多德的著作，火車消失在隧道裡，隧道上方供卡車行駛的公路旁有一塊牌子寫著「歡迎搭乘埃及航空」搭配金字塔圖案，一輛賣冰淇淋的三輪機動車試著超越載滿分期出刊的百科全書其中一期〈風格〉的卡車但隨即踩下煞車重新跟在卡車後面因為視線被從農場一排排養蜂箱出發跟隨女王蜂飛越公路與隧道另一頭冒出來的火車頭煤煙方向相反的一群蜜蜂阻擋，由於蜂群和煤煙的緣故什麼都看不見，抬頭只見數公尺外一名農夫高舉鋤頭翻地絲毫沒有發現他把跟自己手中鋤頭十分相似的一塊新石器時代鋤頭殘骸挖出土後又再埋回土裡，他的菜園環繞著一個用天文望遠鏡指著天空的天文觀測站，管理員的女兒坐在門口正在閱讀以電影《埃及豔后》女主角的臉為封面的週刊星座運勢，我看到這一切毫無驚喜可言因為做殼跟蜂窩採蜜或採煤或做天文望遠鏡或建立克麗奧佩脫拉的王國或以她和金字塔為主題拍電影或畫出巴比倫黃道十二宮或經歷希羅多德書中談到的戰爭和帝國或寫出希羅多德所寫的文字以及用各種語言完成的各種著作包括荷蘭哲學家史賓諾沙用荷蘭文寫的那些書和被賣冰淇淋的三輪機動車超車成功的卡車上裝載的百科全書單期〈風格〉中敘述史賓諾沙生平與作品的十四行文字並無不同所以我感覺做殼也就等於做了其他所有一切。

我環顧四周尋找的是誰？愛她愛了五億年的我尋找的始終是她，我看到沙灘上戴著金項鍊的救生員指著空中的蜂群嚇唬一名戲水的荷蘭女子，我認出她了，是她，我從她的肩膀差一點就碰觸到臉頰的獨特聳肩方式認出了她，我幾乎可以確定是她，我幾乎百分之百確定那名荷蘭女子就是她，然而我發現同樣與她有某種程度神似的還有天文觀測站管理員的女兒，以及照片中化妝成埃及豔后的那名女演員，或許跟她相像的是克麗奧佩脫拉本尊，據說每一次把埃及豔后搬上舞臺都會展現克麗奧佩脫拉部分真實樣貌，與她神似的還有不顧一切帶領蜂群衝刺飛翔的女王蜂、從畫報上剪下來黏在冰淇淋三輪機動車塑膠擋風玻璃上的女子人像，女子人像身上的泳衣和此刻正在聽電晶體收音機中女聲唱歌的荷蘭女子身上穿的是同一件泳衣，載著百科全書的卡車司機聽的收音機也傳出同樣歌聲，我很確定我聽這個聲音已經聽了五億年，現在我聽見的歌聲絕對是她，我在附近尋找她的身影但我只看到在鯷魚魚群鱗光閃爍的海面上翱翔的海鷗，這一秒我以為其中一隻雌海鷗是她但下一秒我又懷疑另一隻鯷魚是她，然而她也可能是希羅多德書中寫到的任何一位女王或女奴或只是那名讀者走到車廂外跟來觀光的那群荷蘭女子搭訕時放到座位上的那本書中含蓄影射的某個女子，或是荷蘭觀光客其中之一，我可以說我愛上她們每一個的同時心中很篤定我始終愛的只有她一個。

我越糾結於我對她們每一個人的愛，就越難以對她們說出口：「是我！」因為我害怕犯錯，更害怕錯的是她，怕她把我誤認為別人，以她對我的認識很可能會把別人當成是我，例如那個戴著金項鍊的救生員，或是那個閱讀希羅多德著作的讀者，或是希羅多德本人，或是開著三輪機動車從兩側都是仙人掌的塵土飛揚小路去到沙灘上做生意被那群穿著泳衣的荷蘭女子團團包圍的冰淇淋小販，或是史賓諾沙，或是載著把史賓諾沙生平和著作濃縮後重複兩千次的刊物的卡車司機，或是完成延續物種任務後在養蜂箱底部奄奄一息的其中一隻雄蜂。）

三

……這對貝殼並無影響，它還是那個形狀獨特的貝殼，不會有所不同，因為那個形狀是我給的，那是我唯一力所能及而且想要賦予它的。一旦貝殼有了形狀，世界的形狀也就變了，意思是原本沒有貝殼的世界形狀如今多了貝殼的形狀。

這導致巨大後果，因為光的波浪狀振動撞擊實體後會產生特殊效果，首先會出現我用來做條紋的顏色，而顏色的振動方式跟其他振動方式不同，就連量體也會跟其他量體形成一個特殊的量體關係，這些現象我都不懂但它們確實存在。

於是貝殼就能產生跟貝殼本身（就我們所知）十分相似的貝殼的視覺影像，只不過貝殼在這裡，貝殼的視覺影像則會在他處成形，例如在視網膜上。因此影像成形的先決條件是視網膜，而視網膜的先決條件是以大腦為首的繁複運作系統。換言之我製造貝殼的同時也製造了貝殼的影像，不是一個而是很多個影像，因為單一一個貝殼想要有多少貝殼影像都可以，不過這只是潛在影像，因為要形成影像必須具備所有必要條件，就是我之前說的大腦和相關的視覺系統，其中有一個視神經負責將振動從外傳導入內，而這個視神經的另一端連接的是專門用來視物的某個東西，也就是眼睛。如果把一個有腦的傢伙叉出一條神經這件事想成是在黑暗中拋出釣魚線除非釣到眼睛否則就不知道外面有沒有東西可以看的話那就太可笑了。這些東西我都沒有，其實我最沒資格說話，但是我對這件事有我自己的想法，我認為重要的是先建立視覺影像，之後眼睛自然就會出現。

所以我全神貫注在讓我的外在部分（當然外在會受到我的內在制約）能夠產生影像，而且最好能產生（相較於其他被認為不夠美、有點醜或醜到不能看的影像）會被認為美麗的影像。

我當時心想，以可辨的規律秩序發射或折射光振動的實體要如何處理這些振動？收進口袋裡？不，會釋放給第一個經過附近的實體。至於無法利用振動甚或因為振動感到不舒服的實體又會如何自處呢？把頭塞進洞裡躲起來？不，他的頭頭會朝著振動的方向直到視覺振動最突出的點開始具有感光性並發展出感光組織以接收轉化後的成像為止。簡而言之，我把眼睛和大腦之間的連結想成一條從外面挖進來的隧道，是由準備轉化為影像之物從外面施力，而不是企圖捕捉影像的意念由內向外施力。

我想得並沒有錯，即便到了今天我依然篤定那個計畫大致來說是對的。我錯在以為我們會生出視覺，我指的是她和我。我為自己精心打造一個和諧多彩的影像希望能深入她的視覺接收系統，占據核心位置再也不走，如此她便可以持續擁有我，無論是在夢裡、記憶裡、腦海裡和視線裡。同一時間我也感覺到她發散出一個完美影像強迫我朦朦朧朧、反應緩慢的感官接收，以便我發展出一個內在視界好讓她在那裡閃閃發光。

我們如此努力使我們成為某個不明感官的完美之物，隨後那個感官為了發揮讓感官的客體（也就是我們）完美無瑕的作用也變得很完美。我說的是視覺，是眼睛，我唯一沒有預料到的是，後來睜開眼睛看見我們的不是我們的眼睛，而是別人的眼睛。

我們周遭充斥著各種無形、無色、只有內臟團的生物，對於自己可以做什麼、如何自我表達、以何種穩定完整形式展現自己才能在別人眼中看起來更美的可能性毫無想法。他們來來去去，載浮載沉，在天空、海水和礁石之間無憂無慮地扭來扭去。我們呢，我和她和所有那些想要擠出一個自己形狀的我們在黑暗中繼續刻苦努力。因為我們的努力，那個差異化不足的空間變成了一個視覺空間，是誰獲益？是這些不請自來、從來沒想過有一天能看見（因為他們太醜，看見對方也沒有任何好處）、對形式不聞不問的傢伙。我們埋頭完成了最艱難的工作，讓大家有東西可看，他們不聲不響占盡便宜，用他們遲鈍的、新生的感覺接受器接受我們的影像。別跟我說他們這麼做有多辛苦，他們那個腦袋裝滿黏液要長什麼東西出來都可以，更何況一個感光器官根本不費力氣。問題出在如何讓它臻於完美，我倒想看看！如果沒有可視之物，沒有夠顯眼、讓你想不看都不行的可視之物，你要怎麼辨？總而言之，他們能有眼睛全靠我們的付出。

所以，「我們的」視覺，我們在黑暗中等待的視覺，變成了別人用來看我們的視覺。無論如何，偉大的革命發動了：突然間我們周圍全都睜開眼睛，有了角膜、虹膜和瞳孔。章魚和墨魚的眼睛肥厚無神，金頭鯛和鬚鯛瞪著凝膠狀的大眼睛，螯蝦和龍蝦的眼睛突出還帶柄，蒼蠅和螞蟻則有浮凸的複眼。一頭油亮亮的黑色海豹針頭般的小眼睛眨個不停。蝸牛的眼睛頂在長觸角上。海鷗掃視海面的眼睛沒有表情。那邊是潛水漁夫帶著玻璃蛙鏡皺著眉頭在海底搜尋。望遠鏡後面遠洋船上船長的眼睛和黑色太陽眼鏡後面戲水女子的眼睛都聚焦在我的貝殼上，然後他們目光交錯把我遺忘在腦後。我感覺到老花眼鏡後面動物學家用他的老花眼盯著我看試圖用祿萊相機的視窗鎖定我，就在這個時候一群剛孵化出來的幼鰻魚游過我面前，每一條白色小魚小到彷彿全身上下只有眼睛那個小黑點，像一顆顆眼睛微粒在海中遨遊。

所有這些眼睛都是我的。是我讓這些眼睛成為可能，是我主動出擊，提供了原料，原料就是影像。有了眼睛之後發生的一切都順理成章，有了眼睛之後的他們有了各自的形狀和功能，有了眼睛之後以各自的形狀和功能能做的事變多了，這些都是因為我。因為我在那裡，因為我跟他們及她們的關係，因為我開始做殼等等。總之我預見了這一切。

每一個眼睛底端都住著一個我，應該說住著另一個我，是我的影像的其中一個，與她的影像，最逼真的那個她的影像，穿過虹膜的半液態環帶、瞳孔暗室和視網膜鏡宮在異世相遇，在沒有邊緣也沒有疆界真正屬於我們的地方相遇。

跋[2]

埃烏傑尼奧・蒙塔萊[3]

根據奧地利天文學家漢斯・霍比格受到全世界無數信徒奉為圭臬的理論[4]，每隔不知道幾百萬年，就會有一顆行星或月亮撞擊地球，之後為數不多的劫後餘生者會快速繁衍，同時開啟一個新的地質年代。而卡爾維諾根據可能是虛構的達爾文理論，在他的新書《宇宙連環圖》中提出截然不同的假設：在十分遙遠的年代，月亮曾經距離地球很近，「是潮汐將月亮越推越遠，地球漸漸失去能量」。月亮曾經近在眼前，彷彿一顆巨大的西瓜，有幾個生物靠著一把木梯就屢屢登上月亮，離開時縱身一躍在空中划動雙臂便能游回地球。沒想到有一天月亮突然離開，將Vhd Vhd船長的太太一併帶走，從那天起大家就再也無法登月。年邁的族長Qfwfq是這個事件的見證人，他從星雲生成之初就活在宇宙中，看著星雲凝結為不同星系，一如〈創世紀〉開頭幾節記述的種種。

這是反面科幻小說，設想最黑暗的過去，而不是未來科學的大放異彩，卡爾維諾想像在那沒有光、沒有空氣、沒有聲響或話語，也還沒有任何生命形式的時候，就有一些像我們人類這樣的生物，活生生的，會說話，跟我們唯一不同之處在於他們沒有姓名和身分。這些物質也可以說是非物質，因為根據美國天文學家愛德溫・哈伯很難解釋清楚的計算，「可以回推整個宇宙物質曾經集中於一點的時間」，以至於所有生物雖然各自不同，但因為全部都在同一點上，導致清潔婦無事可做，連撢灰塵都不用，因為那個點連一粒塵埃都容不下。書中人物都認為物質稀薄到最大程度後便會再次凝結，所以有一天大家都會回到那一點相聚，包括Pber^{t} Pber^{d}先生在內，他現在是帕維亞一家塑膠材料的代理商。

叫人難忘的幾個偉大壯舉都是由先前提到的Qfwfq所完成的：他在太空中畫了一個記號，等到他的星系運轉數千萬年後才在最佳時機點重新找到那個被「複製」的記號，第一個複製行為於焉誕生，堪稱歷史性的一刻；他是所屬物種滅絕後隱姓埋名四處旅行的那頭恐龍；他用新生的氫原子打彈珠；他的某位舅公是一條淡水魚，其他魚類在演化進程中紛紛把鰭轉化成爪，逐漸變成爬蟲動物的時候，他不假辭色捍衛傳統，堅守他的水域。最讓人同情的是Qfwfq這位族長的命運，他回想自己作為軟體動物腹足綱的一生，勤奮不懈地分泌一種日後會變成美麗多彩外殼的物質。問題是他自己眼盲，外殼要給誰看呢？說不定是色彩讓未來可以看見色彩的眼睛得以生成；跟這種果產生因的例子類似的是，整個宇宙是各種事實互相牽動的偌大文本，所以談時間、空間、先和後都沒有意義。

這是十二個短篇故事中最美的一個，內含的知性遊戲最接近詩的啟發。大家可能以為波赫士的作品是卡爾維諾當時的讀物之一，但是這個說法不攻自破，因為波赫士以偽裝和文化悖論為本，而卡爾維諾在這本書中則提出了抽象和超現實假設，在擴大觀察範圍的同時，也將觀察範圍清空。同樣值得讚賞的還有卡爾維諾的鮮明風格，他處理「對話」嚴謹節制，身為作家的他清醒理智，鍥而不捨地（未必永遠如此）為他的無傾向和「無從屬」要塞挖掘壕溝，特別是今天，有待商榷的「借用」[5]很可能會為他帶來其他同輩作家趨之若鶩的曇花一現、受之有愧的名氣。

2（原注）原標題為〈反面科幻小說〉（*È fantascientifico ma alla rovescia*），刊載於《晚郵報》（*Corriere della Sera*），一九六五年十二月五日。後收錄在蒙塔萊的《第二專長：散文（1920-1979）》（*Il secondo mestiere. Prose 1920-1979*），主編臧帕（Giorgio Zampa），，蒙達多利出版社（Mondadori）子午線叢書（I Meridiani），米蘭，一九九六年，頁二七六〇—六二。

3（譯注）埃烏傑尼奧·蒙塔萊（Eugenio Montale, 1896-1981），義大利詩人、翻譯家、文學評論家，一九七五年諾貝爾文學獎得主。

4（譯注）漢斯·霍比格（Hanns Hörbiger）提出宇宙冰（cosmic ice）理論，認為恆星之間充滿薄冰，對行星運行造成阻礙因此減速，距離地球最近的行星遂變成了月球，並且離地球越來越近，最終墜落在地球上。

5（譯注）原文accatto有「二手」或「從其他語言借來用」的意思，或許是指卡爾維諾不同於傳統文學創作模式，借用達爾文等科學論述作為框架的創作手法。

附錄

《宇宙連環圖》初版由都靈的艾伊瑙迪出版社於一九六五年十一月發行。出版之際，卡爾維諾為某個訪談準備了一篇文稿，後刊載於不同報刊，之間略有出入。

我們將該篇訪談中別具意義的問答段落整理出來，作為這個新版本的附錄。其中第三問的答覆，節錄自〈卡爾維諾闡述其宇宙觀〉（*Calvino spiega il suo cosmo*）一文，由記者阿佛雷多・巴貝里斯（Alfredo Barberis）撰稿，一九六五年十二月二十二日《日報》（*Il Giorno*）。

可以先就《宇宙連環圖》這個書名做說明嗎？

將「宇宙的」（cosmico）和「滑稽的」（comico）兩個形容詞合而為一，是為了把我關注的幾件事放在一起。我無意藉由「宇宙」一詞呼應「太空」時事，而是試圖讓我自己與某個更古老的東西重新建立關係。對原始人類和古典文學而言，宇宙觀是再自然不過的一種態度，而為了處理如此龐大的議題，我們需要一個屏障，或一個濾鏡，這就是「滑稽」的功能。

所以我們可以從傳統的風格分類去理解「滑稽」一詞嗎？

我不這麼認為，我想的是比較接近默片電影的那種「喜感」，或更接近主角每次遇到的情境都不同，但模式卻是千篇一律的漫畫（comics）及插圖小故事。我想到的例子就風格和形式精確度而言，恐怕並沒有可比性。[6]不過我想補充一點，我很高興在《宇宙連環圖》出版的同時，美國漫畫家強尼·哈特（Johnny Hart）以「史前」人物B. C.為主角的漫畫合集在義大利問世。我很樂見這本書的讀者同時也是另一本書的讀者，並且拿兩本書來做比較。

《宇宙連環圖》系列故事中最早幾個短篇的靈感是在什麼時候萌芽的？

我已經動筆寫了兩三年。事情是這樣開始的：我習慣在看書的時候，例如閱讀天體演化這類與我熟悉的想像機制相去甚遠的論述時，記下浮現在腦中的意象，不時便會有故事畫面和靈感從那裡冒出來。我隨手寫下來，累積了不少故事的開頭和動機後，需要做的就是繼續發展鋪陳。

要確立每一篇故事的時間並不容易，有時候我寫了開頭，過很久才把後續的故事說完。有時候故事寫完了，但我覺得不該這樣寫，真正的故事應該要那樣寫，於是我又重寫。或是有時候我換由不同角度思考故事，於是從內部做修改，更動的都是小地方，看起來跟原來一樣，但實際上變成了一個全新的故事。例如我最早寫的其中一個短篇〈太空中的記號〉，從去年在《咖啡館》雜誌上發表到現在出書，我一直在修改，那是我從一開始就很滿意的故事，甚至在我寫完之後還多次試圖模仿它，想要沿用那個模式寫出其他短篇。但是很難。

一般咸認為作家自我模仿、自我重複十分容易，或意味懶惰。其實正好相反。自我重複是充分認識自己做了什麼的最好方法，而且必須透過不斷趨近和排除才能自我重複。充分認識自己做了什麼是充分認識自己打算做什麼的唯一方法。其實我認為相較於〈太空中的記號〉，我只寫出另一個短篇故事向前邁了一步，那就是〈螺旋動物〉，敘述一個外殼不斷成長的軟體動物內心變化。那個故事也經過多次修改，或者應該說那個故事還沒寫完。我認為〈螺旋動物〉是我想要寫的《宇宙連環圖》的終點，同時也是起點，因為我得從那裡繼續往下寫。

有人說《宇宙連環圖》是一種新型態的科幻小說。真是如此嗎？

不是，我認為科幻故事的建構方式跟我的截然不同。有多位評論家指出，科幻小說談的是未來，而我的每一則短篇故事都在企圖還原「起源神話」。這還是其次，主要是科學數據和神奇發明之間關係的不同。（……）總而言之，我把科學數據當成一種推動力，以擺脫想像的慣性，以遠離我們過往經驗的方式去體驗每一天。至於科幻小說則是企圖靠近難以想像、遙不可及的一切，企圖將現實範疇加諸其上，或讓這一切進入大眾已經習以為常的想像世界中。我不知道，說不定是我錯了，那我得把話說清楚一點：這個或那個作家、這本或那本科幻小說，跟《宇宙連環圖》比較，肯定會有相似之處，也有不同之處。

可以確認的是，你是從天文學、天體演化論、相對論物理學和演化論尋找這些短篇故事的靈感。為什麼會對科學如此感興趣？

關於小說，如我先前所言，我想所有觸動心靈的閱讀，無論是否為肉眼可見或擬人態的故事，都可以激發動力。截至目前為止，我完成的實驗只有幾個方向，取決於我當時在看什麼書，我想如果我閱讀的是量子物理學、遺傳學或非歐幾里得幾何學領域的書，應該照樣可以運作。換言之，任何一本嚴謹的理論論述都適用，包括數學或哲學。不過關於這一點，我必須說明，我並不喜歡為了「尋找靈感」而刻意選擇閱讀某些書。我閱讀是出於好奇，很隨興，就跟所有並未從事任何專業研究的那些人一樣，我想專業人士在進行非專業閱讀時也是如此，我常常會從一個主題跳到另一個主題。舉例來說，只要我對天文學熱情不變，我就會一直讀天文學的書，但那是因為我對天文學感興趣，不是因為我覺得寫小說時派得上用場。故事會自己出現，會依從一條內在的探索路線，而走在這條路線上有時候會有機會跟外在觸動連結起來。

聽你這麼說，你似乎並不覺得這個階段的作品完全脫離之前的創作路線。那麼你認為《宇宙連環圖》跟你其他作品有什麼關聯呢？

我想這個系列短篇小說延續了我的奇幻小說論述，但不限於此。我再次察覺我特別擅長處理不存在與存在、虛與實或稀薄與稠密、反與正之間對比關係的故事。所以《不存在的騎士》堪稱我的奇幻小說代表作，它是我最念念不忘的一本書。若從這個抽象、幾何、比重角度切入，最初貌似打著新寫實主義旗幟、寫於二十年前的幾個戰爭故事也值得一看，其中《最後來的是烏鴉》尤其意義深遠。如此說來，我十多年前寫的幾個短篇故事也希望大家不要錯過，例如〈近視眼奇遇記〉。總而言之，往往你越想改變，結果越是一成不變。當你事後發現這點，會有一種特別的滿足感。

6　（原注）「《宇宙連環圖》的靈感來源包括萊奧帕爾迪（Giacomo Leopardi）、大力水手卜派漫畫、山繆・貝克特（Samuel Beckett）、焦爾達諾・布魯諾（Giordano Bruno）、路易斯・卡羅（Lewis Carroll）和羅貝托・馬塔（Roberto Sebastián Matta）的畫，有的則跟托馬索・蘭多菲（Tommaso Landolfi）、康德、波赫士，以及葛宏德維（Grandville）的版畫有關」（卡爾維諾，〈談《宇宙連環圖》〉，《咖啡館》〔*Il Caffe'*〕，第十二期第四號，一九六四年十一月，頁四〇）。

大師名作坊 929

宇宙連環圖

作　者—伊塔羅．卡爾維諾
譯　者—倪安宇
編　輯—張瑋庭
美術設計—廖韡
內頁排版—芯澤有限公司

總 編 輯—嘉世強
董 事 長—趙政岷
出 版 者—時報文化出版企業股份有限公司
108019臺北市和平西路三段二四〇號三樓
發行專線—（〇二）二三〇六—六八四二
讀者服務專線—〇八〇〇—二三一—七〇五
（〇二）二三〇四—七一〇三
讀者服務傳真—（〇二）二三〇四—六八五八
郵撥—一九三四四七二四時報文化出版公司
信箱—10899臺北華江橋郵局第99信箱
時報悅讀網—http://www.readingtimes.com.tw
電子郵件信箱—liter@readingtimes.com.tw
法律顧問—理律法律事務所　陳長文律師、李念祖律師
印　刷—勁達印刷有限公司
初版一刷—二〇〇四年八月十六日
二版一刷—二〇二四年二月二日
定　價—新臺幣三六〇元
（缺頁或破損的書，請寄回更換）

時報文化出版公司成立於一九七五年，
並於一九九九年股票上櫃公開發行，於二〇〇八年脫離中時集團非屬旺中，
以「尊重智慧與創意的文化事業」為信念。

宇宙連環圖 / 伊塔羅．卡爾維諾(Italo Calvino)著 ; 倪安宇譯 . – 二版
. – 臺北市 : 時報文化, 2024.2
面; 公分 . – (大師名作坊;929)
譯自：Le cosmicomiche
ISBN 978-626-374-867-5

877.57　　113000216

ISBN 978-626-374-867-5
Printed in Taiwan